ONCE UPON A TIME IN CHINA

中国往事

I0651841

George He

 AMERICAN ACADEMIC PRESS

AMERICAN ACADEMIC PRESS

Published in the United States of America

By AMERICAN ACADEMIC PRESS

201 Main Street

Salt Lake City

UT 84111 USA

Email manu@AcademicPress.us

Visit us at http://www.AcademicPress.us

ISBN: 978-1-63181-485-3

Distributed to the trade by National Book Network Suite 200, 4501 Forbes Boulevard, Lanham, MD 20706

10 9 8 7 6 5 4 3 2 1

Manufactured in the United States of America

关于作者

作者于 1964 年出生于中国北京，并在那里度过了他的快乐童年。在八岁时，作者随父母迁往中国中部的一个大型矿区，在那里度过了他的少年时代。

1978 年，作者考入河南省郑州大学外文系，主修英语与英美文学专业。

毕业后，他在一家图书馆工作了数年，随后又在地方政府外事办公室工作近两年，随后调入广东省深圳经济特区，在一家大型国企担任英语翻译。此后，又在多家跨国公司先后担任培训经理、人事经理、人事行政总监、副总经理等职务。

目前，作者居住在毗邻澳门的中国南方海滨城市——珠海经济特区。

故事简介

"郝京，你爱我吗？"

"是的，我的心里全都是你。"我回答说。

然后，我问她："珊珊，你爱我吗？"

"当然。"她用力点点头，"自从第一次见到你，我就一直期盼着这一天，与你手牵手，心贴心地在一起。"

小说的故事开始于一九七八年九月，其中的男主人公，名叫郝京，是一名刚刚入校的大学一年级新生。在一次校内篮球比赛中，他遇到了一位清纯可爱的女生，她对他一见钟情。女生的名字叫吴珊，是故事中的两位女主人公之一。郝京喜欢吴珊，但还未真正爱上她。因此，一场普通的校园爱情发生在一对少男少女之间。郝京在大学的第一个寒假期间，故事中的另一位女主人公，名叫淑娟，出人意料地闯入了郝京的个人生活。她美丽聪慧，善解人意。淑娟是郝京父亲的助理，比郝京年长五岁。郝京从少年时代便开始暗恋淑娟。所以，郝京面临淑娟与珊珊之间的两难抉择。一位是一位温柔可爱，像天使一般的纯情少女，另一位则是聪慧优雅，待人体贴入微而又不乏激情的职业女性。最终，珊珊以她的温婉和纯情赢得了郝京的心，两人在大学毕业后，步入了婚姻殿堂。但是两年后，珊珊在一次车祸中不幸意外身亡。郝京悲痛欲绝，独自一人生活在回忆与痛苦之中。

直至五年后，郝京再次与淑娟重逢。她依然爱着郝京，并且一直单身未嫁。于是，两人又旧情复燃，重归于好，最终生活在一起。

由于厌倦了毫无意义，枯燥乏味的公司职场生涯，郝京在工作了若干年之后毅然辞职。他携带着他与珊珊的女儿迁居到美丽的雪域高原——香格里拉。在一个藏族村寨里，他建起了一所希望小学，免费让藏族儿童和少年们在学校里接受系统教育，学习天文、历史、地理、文学、数学和科学常识等文化知识。

郝京与他的女儿幸福地生活在人间天堂——香格里拉。淑娟也非常喜爱香格里拉，并计划在退休后与郝京一起生活在那里，共同安度晚年。

小说以回忆和怀旧的第一人称口吻和感人肺腑的故事情节，栩栩如生地讲述了小说男主人公快乐的童年和青少年时期，以及他与父母和哥哥、姐姐们的早年生活场景，温情描述了他与珊珊柏拉图式的浪漫爱情，以及他与淑娟之间的世俗之恋。同时，小说也恳切讲述了男主人公对人生幸福、自然之美和人类心灵之美的向往，以及对人生意义的执着探寻，真诚而又不乏风趣地为广大读者展示了二十世纪下半叶中国大陆有关政治、经济、地理、人文、民族风情以及自然风光等一系列全景式的细致描写和真实写照。

谨将次书献给我亲爱的母亲。她在我少年时代不幸去世，我时常想念她。

—— George He

目录

第一部

"爱是一颗心遇到另一颗心，而不是一张脸撞上另一张脸。"

——有网友问法国著名女影星苏菲·玛索是否因为美貌而收获了更多爱情，她这样回答。

第一节 "你好，我叫吴珊。"

从某种程度上讲，在我的青葱岁月，我是一个被宠坏的男孩，并且四肢发达，头脑简单。但我幸运地遇到了两位姑娘，一位叫吴珊，另一位叫淑娟，是她们使我的人生变得完整而富有意义。现在让我来为大家讲述她们的故事。

我的名字叫郝京，绰号"好傻"，男，十六周岁，身高一米八八，体重八十公斤，是一名 1978 年入校的大学一年级新生。

同往年一样，校方为刚入校的新生组织了一系列篮球、排球、足球以及乒乓球友谊比赛，其目的是为了使入校新生们能够更好地融入校园新生活，同时也为学校各体育代表队选拔后背力量。

学校安排的第一场体育比赛是入校新生与在校大学生之间的排球友谊赛。我在比赛中担任主攻手。虽然我们最终输掉了这场比赛，但我却成为比赛中冒出的一匹黑马。我的网上大力扣球、进攻性发球以及单人拦网，不仅给对方教练，也给观众席中的一位女生留下了深刻印象。

比赛结束后，她缓步向我走来，一手端着一杯白开水，另一只手拿着一条白毛巾。

"你好，我叫吴珊，很高兴认识你，"她一边将手中的白开水递给我，一边微笑地对我说："你的排球打得真好。"

"那又怎样？最终还不是输了吗？"我一边低声抱怨着，一边喝下了她递给我的那杯水。

"哦，对不起，我差点忘了，"我道歉说："谢谢你送来的白开水。我叫郝京，我也很高认识你。"

"生活不仅仅是一场比赛，也是爱。"她说罢，接过杯子，又把毛巾递给了我。

"你说什么？生活是爱？"我看着她，一脸困惑。

在我目光的直逼下，她不由地脸红了，垂下了眼帘。

她看上去清纯靓丽，拥有一双大而清澈的眼睛，以及不时抖动的长睫毛，宛如一朵出水芙蓉。她的鼻子线条柔和，鼻尖微微上翘，带着一股天真烂漫的可爱气息，一头乌黑的长发与她嫩白的肌肤形成鲜明对比。当她微笑时，脸颊上现出一对浅浅的、讨人喜爱的酒窝。她身材高挑，略显削瘦，有两条纤细的臂膀和秀美的长腿。在她那浅色上衣下，两朵玫瑰花蕾似的青春期乳房微微隆起，若隐若现。她看上去就像是一个中国版的芭比娃娃。但老实讲，她并不是我喜欢的那种类型。我喜爱丰乳肥臀，高大性感的女孩。

因此，自从我们那次在球场边相识之后，我很快就把她忘在了脑后，继续过着我紧张而又忙碌的校园新生活。

一星期后，在另一场入校新生与在校大学生之间的篮球友谊赛中，我表现得更加骁勇，如天马行空一般。其实，在我来大学之前，就已经在家乡的少年业余体校接受了整整四年的系统篮球培训。打排球仅是我的业余爱好之一。除此之外，在中学时代，我还是一名优秀的足球守门员。

那场篮球比赛之后，我很快就被选入大学的排球队和篮球队，成为了一名替补队员。因此，我不得不在每周的周一、周三和周五的下午课后，参加学校排球队的训练，并在每周二、周四和周六下午课后，参加学校蓝球队的训练。星期日上午，我通常早上七点钟起床，吃完早餐后，便开始清洗自己的衣服、运动服和鞋袜等，午餐后，外出购物，主要是一些日常生活用品。傍晚，则与大学宿舍的室友们一起去看电影。

我记得，在一个星期日傍晚，我与室友们一同去看电影。我们安静地坐电影院里，目不转睛地盯着屏幕。当时电影院里正在上映一部日本电影，男主角是日本著名演员高仓健。我们都很喜欢这部影片，然而，我的一位室友，名叫尔典。在他身后坐着一对喧闹的情侣。他们一面大声谈笑，一面磕着瓜子。尔典生气地扭过头去，要求他们安静一点。于是，他们很快就安静了下来，默不作声了。

电影散场后，观众们纷纷涌出影院。外面下起了小雨，气温骤降。尔典不由拉起他连帽衫的帽子，打算罩住他的头部，谁知一大把瓜籽壳意外地从他脑后的帽子里甩出，散落在他的脑后和衣领内外。该死！这显然是坐在他身后的那对情侣干的。看着尔典那副狼狈沮丧的样子，我们大家笑得前仰后翻……

有几次，我曾在学生食堂门口偶然遇见吴珊，但只是匆忙地向她点点头，然后擦身而过。我总是很忙，并且饥肠辘辘。虽然当时学生食堂的饭菜质量很差，但我吃得很多。对我来说，饥饿就是最好的开胃菜。

不瞒大家说，我从小就是个吃货。未读大学之前，我最大的心愿就是去肉联厂工作，这样我就每天都能吃到香喷喷的猪肉了。我记得，小时侯在北京的幼儿园里，我们有一次吃炸酱面。那是除了饺子之外，我最喜爱的食物。吃完第一碗后，我意犹未尽，又要了第二碗，然后是第三碗。最终，饭堂里只剩下我一人在那里独自进餐。所有的值班阿姨都站在那里，好奇地看着我。当我举起手来要求再吃一碗时，她们全都惊呆了！最终，大厨师不得不把厨房饭盆里剩下的最后半碗面条，一股脑地倒入我的盘中……

我不记得当时自己吃得究竟有多饱，但我记得，到了晚饭时间，我竟然一点也不感觉饥饿。儿童通常只关注两件事情，食品与玩具。

不久，在一个炎热的夏季，我们幼儿园内近三分之一的孩子都染上了病毒性痢疾。由于我那愚蠢的大胃口，我毫无疑问地成为最严重的几位患者之一。当时，幼儿园内建起了一个临时急救中心。医生与护士们蜂拥而至，忙乱不堪。每天上午，他们给我们吃药打针，可我的病情始终不见好转，因此，他们给我注射的剂量越来越大，针管也变得越来越粗……

直至有一天，我看见一辆波兰生产的米色 223 型华沙牌小轿车静静地驶来。他们把我安置在轿车的后座上。然后，轿车急匆匆地驶往市中心。透过车窗，我可以看到外面湛蓝色的天空，和不断向车窗后飞逝的树梢，然后是数不清的烟囱和楼顶。终于，轿车停在了一栋拥有绿色琉璃瓦楼顶的灰砖大楼前。这里就是著名的北京协和医院，由美国洛克菲勒基金会于 1921 年捐款建成。一群护士匆忙赶来，用轮椅把我推进一个又一个摆满医疗器械和设备的房间，接受各种医学检查。作为一名年幼的儿童，我不知道究竟发生了什么。只是在多年后，我才得知，当时我的病情非常危急，几乎与死神擦肩而过，用现在的话讲，就是快要"挂"了。

最终，我躺在一张病床上，床边围满了医生和护士，一支巨大的注射器被放置在我身旁，里面装满了像橘汁般的黄色液体。看到这些，我不知当时在我幼稚的脸上到底表现出怎样恐怖和滑稽的表情，但我清楚记得，所有在场的医生和护士们都极力地安慰我，并且说如果我不哭的话，我就是一位小英雄。

半小时后，当注射结束时，我果真没有哭。

"好孩子！你表现地像一个真正的小英雄。"他们都这样夸奖我。

从那以后，他们每天上午来到病房，先叫我一声："小英雄！"随后就是那支巨大的注射器被放置在我身边，并开始注射。我感到非常自豪，喜欢被称作"小英雄"的感觉。如果他们要求我一直住在那里，我想我不会拒绝。

上帝保佑！两个月后，我的病情终于有所好转。当我父母被允许到病房来探视时，我看上去瘦骨嶙峋，惨不忍睹，根本不像一个所谓的"小英雄"。此外，由于我当时正在更换幼齿，上鄂的两颗门牙脱落了。我看上去简直糟透了！尤其是当我咬苹果或其它什么水果时，总是在上面留下一条隆起的垄，看上去就像是在飞机上隐约看到的中国古长城，这使我感到非常懊恼。我始终认为，如果不是因为我当年患上的那该死的痢疾，也许我现在的身高还会更高，极有可能会超过一米九，并有望成为一名职业篮球运动员，那可是我少年时代最大的梦想啊！

对不起，让我们回到故事的主题。

不久，我们大学的篮球队与附近的一所农业大学之间的篮球比赛即将举行，地点在我们校园的体育中心。这一次，吴珊是我们学校篮球队的拉拉队成员之一。

那是一个星期日的下午。随着开场的哨声响起，比赛开始了。

比赛进行得异常艰苦。作为替补球员，我坐在场边的长凳上，静静地观看比赛。由于我们两个学校相距不远，两队经常在一起进行比赛，彼此之间非常熟悉。因此，双方的比分交替上升。上半场结束时，我们竟然还落后了三分。

半场休息时，教练来到我身边，他将一只胳膊搭在我的肩上。

"嗨，小伙子，你是我们的秘密武器，他们对你还不熟悉，而且上半场过后，他们的体力有所下降，脚步也会慢下来。所以，下半时该轮到你上场了，用你的速度和力量打他们一个猝不及防。孩子，祝你好运！"教练讲完后，用手在我后背重重地拍了一下。于是，我站起身来，开始做赛前热身。

随着裁判的一声哨响，下半场比赛开始了。我这次是打大前锋。我们的控球后卫拿到球后，迅速地传给我。几秒钟之内，我通过一次漂亮的变向运球过人，直奔篮下，然后纵身跳起，将球投入篮筐。在我们第二次进攻时，我又成功地完成了一次助攻，把球妙传给了被对方漏防的我方小前锋。但他未能投中。没关系！我及时赶到蓝下，抢到了前场篮板球，然后一转身，来了一个大力扣篮。此时，我们的比分领先了。我听到了观众的热烈掌声。我们的拉拉队员也在场边欢呼雀跃，呐喊助威。

我顿时感到无比兴奋，心花怒放。随后，我就像一匹脱缰的野马，开始玩起了花哨动作，比如，勾手投篮，反身扣篮，后仰跳投等。我早在中学时代就已学会了这些篮球技术动作，这对我来说，如同小菜一碟，闭着眼睛都会做。所以，整个下半场成了我的个人表演秀。到了比赛结束前三分钟，我们的比分已经遥遥领先……

正在我洋洋得意时，对方突然开始了紧逼盯人防守。这是一种非常具有侵略性的防守战术。我的肋部、背部、甚至脸颊均受到了肘击。在比赛结束前五秒钟，我的面部遭到对方一位高大球员的大力掌击。我顿时感到眼冒金星，口鼻溅满了鲜血。

我心想，见鬼！我为自己的个人秀付出了惨重代价。但我们毕竟打败了他们，结局还不算太坏。

经过现场医生紧急处置后，我再次睁开了眼睛，发现还有一份更好的奖励在等待着我。

吴珊正站在医生的身旁，她看上去非常焦虑。她从口袋里掏出一条雪白的手帕，认真地为我擦拭血迹。她的手帕和手指无意间不停地在我鼻部和嘴唇轻抚，如此地温柔，细致入微。我的的内心瞬间被触动了，砰砰直跳……

傍晚，吴珊和我沿着校园东北角的一条淙淙流淌的小河边散步。岸边的河堤上长着成排的杨树和垂柳以及松软的草坪，草丛中传出时断时续的秋虫唧唧声，空气中弥漫着野花的芬芳。

我们无拘无束地交谈着，谈到了我们的中学时代，业余生活以及个人爱好等。正当我试着亲吻她的双唇时，我那倒霉的鼻子不小心撞到了她的鼻尖，又开始不停地流血。吴珊不得不掏出她另外一张白色手帕帮我擦拭。我喜欢她手帕散发出的淡淡香味，以及她轻柔的指尖在我口唇部的轻抚。此外，在她为我擦拭血迹时，我的脸颊可以隐约地感受到她清新、柔缓的呼吸。

"你经常会伤成这个样子吗？"吴珊问。

"有时侯会。"我回答。

"你也经常这样对待其他的男生吗？"我反问道。

"你嫉妒了吗？"她轻声地笑了。

"是的，有点儿。"我回答。

"如果你真地爱我的话，就大胆说出来！"她抬头看着我说。

"我会的。"我答道。

一阵秋风吹来，夹杂着野花和野草的芳香。夜色已晚，吴珊因寒冷而有些颤抖。

"我们回去吧！"我一边说，一边用一只胳膊搂住了她的双肩，希望能为她遮挡一些风寒。

在女生宿舍楼的入口处，她仰起头，轻轻吻了一下我的面颊。不巧的是，她恰好吻在了我肿起来的那半边，就是当天下午在那场血腥的篮球比赛中，因受到肘击而肿起来的那半边。虽然有点疼，但我装作若无其事的样子，只字未提。

回到宿舍后，我躺在床上，独自思忖："我爱吴珊吗？好像还没有。我喜欢她吗？是的，当然喜欢。她甜美温柔的个性给我留下了深刻印象。有些女孩美丽动人，惹人喜爱，是因为她们有一颗善良的心。吴珊正是如此。"

第二节　校园相约

下一个星期日傍晚，吴珊和我又来到了上次约会的地方。我背靠着一棵大杨树，树叶在微风中沙沙作响。她依偎在我身旁，我用手搂着她纤细的腰部。我们第一次感受到彼此之间的亲密与柔情。

珊珊向我述说她美丽的家乡及发生在那里的奇闻轶事。然而，我似乎什么也没听到。珊珊和我同处于少男少女那种朦胧的爱意之中，但我们的感情沸点不同。男生为了性而爱，而女生则为爱而性。在她讲述的同时，我的一只手情不自禁地伸进了她那件白色泡泡纱衬衣下。当我触碰到她柔软背部的刹那间，感觉就像触摸到柔软的天鹅绒一般，我的心都快要融化了。

"请别这样。"珊珊眉头微蹙地说，然而，她身体的抗拒和扭动使我感到愈加亢奋。

过了一会，珊珊慢慢地安静下来，继续讲着她的故事。对于我擅自触摸她背部的无礼举动，她似乎并不很生气。与此同时，我隐约嗅到了发自她身体的幽香。河畔的杨树林沐浴在一片银色的月光中，微风吹过，树影婆娑，那是一个温馨浪漫的夜晚……

两周后的星期日傍晚，又迎来了我们第三次约会。与往常一样，珊珊在我的怀抱中喃喃细语，我静静地倾听着。珊珊年仅十五岁，正处于青春期。她天真、羞涩，那颗纯洁的心像水晶一般透明。她向我讲述她家乡的美丽风景以及当地少数民族的民俗风情。

突然间，她停了下来，黛眉微蹙，使得她那张漂亮的脸庞显得愈发妩媚动人。

"怎么了？"我好奇地问。

"不好意思，我的小腹有点儿痛。"她轻声说。

"那我陪你去看医生好吗？"我焦急地问。

"不必了，没那么严重。可能是我的月经快要来了。"

"如果这样，我帮你轻轻按摩一下也许会好些？"我建议道。

她静静地没有做声。我不知道该如何解读她的沉默。于是，我一支手臂搂住她的腰部，另一只手轻轻地按在她的小腹部，开始慢慢为她按摩。但这似乎并未奏效。她依然感到一阵阵隐痛。所以，我不得不把手伸进她的裙子，直接按摩她那柔软的腹部。她把头依偎在我的臂膀上，静静地享受着我的按摩。又过了好一会儿，珊珊紧锁的眉头逐渐舒展开了，漂亮的脸庞上露出了笑容。

"谢谢你！我现在感觉好多了。"她羞涩地说。

我仍继续为她按摩，试图彻底消除她的疼痛。然而，我的手指在无意间触碰到了一块隆起的软组织，以及覆盖在上面的一小片纤细的绒毛。天啊！是她的维纳斯丘吗？我的心一阵狂跳，呼吸加快。同时，珊珊也吃惊地吸了一口气，内心似乎也感觉到了什么。她紧紧地抱着我的身体，脸庞深深地埋在我的胸前。她双颊似乎在燃烧，身体微微发烫……

午夜时分，我蹑手蹑脚地走进宿舍。室友们大多都已入睡，但仍有一两位还在床上躺着，尚未睡着。

"你小子今晚去哪儿了？"一个家伙在床上咕哝着，

"你不是答应和我们一起去看电影吗？可你这个混蛋却失踪了。"

"下周，一定同你们一起去。"我一边安慰恼怒的室友，一边迅速走进了盥洗室洗漱。

　　那天夜晚，我失眠了……

　　我记得著名作家沈从文先生曾经说过："恋爱的意义，一半是做些身体上的事，一半是两个人分开咀嚼这味儿……"

第三节　"她来自天堂。"

　　下个星期日的傍晚，我又违背了自己对室友们的诺言。

　　我陪珊珊来到了学校附近的一个公园内。我们坐在一片静谧小湖边的长凳上。一弯新月像一把金色的镰刀，高高地挂在夜空中。一阵微风袭来，吹皱了一湖碧水，泛起阵阵涟漪，湖水在月色下闪闪发光。珊珊身穿一件白色羊绒毛衣和一条格子短裙。她白皙的长腿看上去如脂如玉，引人产生无限遐思……

　　我记得，在中学时代的一个暑假，我与好友一同去上海旅游观光。上海给我的印象是街头熙熙攘攘，人流如织。然而，上海的夜晚却五光十色，奇光异彩。

　　当夜幕降临时分，上海这个繁忙喧闹的大都市似乎在不知不觉中安静了下来。这是这座城市重新梳妆的时刻，不久，她就面貌一新，以优雅的姿态出现在人们的面前。霓虹灯、泛光灯、激光灯和其它彩灯像"天上繁星"，一起开始闪耀。它们闪烁、旋转，使上海变得更加美丽迷人。

　　值得一提的是，那个夏季上海正在流行超短裙，我青春期的眼睛里全是当地少女们漂亮的脸蛋和白皙细嫩的大腿，就像坐我身边珊珊的美腿一样，令人想入非非，浮想联翩。

　　有一次，我们来到好友在上海的亲戚家中，他表妹刚刚放学回家，在客厅里做家庭作业。当她站起身来迎

13

接我们时，我注到她羞红的脸颊、绛红色的嘴唇以及她那对茶杯大小的青春期乳房在她白色上衣下微微隆起，若隐若现……

"嗨，你在想什么哪？"珊珊转过身来问我。

"哦，对不起，我在想你呀！"我开玩笑说。

她撅起嘴唇，眉头微皱，抬手给了我一记粉拳……

但在此时，也不知天上从哪里飞来一块厚厚的云团，遮住了月亮，天空骤然转阴，硕大的雨滴纷纷落下。我抓起珊珊的手，一同向远处的亭子跑去。狂风将雨水淋泼在我们的脸庞和身上。当我们到达那座亭子时，珊珊的薄毛衣和短裙早已被雨水打湿，紧紧地贴在她纤柔的身体上。她不禁在凉风中瑟瑟发抖，牙齿打颤。

"赶快脱掉你的湿衣服，换上我的外套，否则你会感冒的。"我焦急地对她说，并迅速脱下自己的运动外套递给她。

她迟疑了一下，然后说："你转过身去。"

"好的！"我回答。

当她慢慢脱去自己身上的湿衣服时，我再一次嗅到她身体的淡雅幽香……

十分钟后。当我转过身来，发现珊珊已蜷缩在我宽大的连帽衫中，就像一个襁褓中的婴儿。而我头发湿漉漉的，穿着运动体恤衫，看上去就像一只落水的刺猬。我们相互对视着，不禁哈哈大笑。我一把将珊珊揽入怀中，用我的身体为她取暖。

珊珊静静地依偎在我的怀里。偶尔抬头看我一眼，脸上洋溢着温情和惬意。风将她的秀发时不时地拂过我的面颊，散发出淡淡的发香。我感到她的身体渐渐变暖，双唇滚烫，贴在我的唇部燃烧。珊珊紧紧地搂抱着我的身体，感受着我的体温。当我触摸到她纤柔的腰部时，惊喜地发现，在她的臀部上方竟有一对可爱的维纳斯酒窝。哇！我全身的血液瞬间凝固。这使我想起了十五世纪西班牙画家迭戈·委拉兹开斯所画的那幅世界名画"镜前的维纳斯"。

"如果我懂绘画的话，我一定会画一幅'镜前的珊珊'"，我心里暗自思忖。

随后，我双手轻轻抚慰着她柔软的背部。静静地开始描绘我心中的优美画作"镜前的珊珊"……

当我回到宿舍时，已是半夜时分。我知道我这次死定了，在劫难逃。

"喂，你这家伙！你到底去哪儿了？你是不是和某位女孩在一起鬼混，要不就是跑到哪儿去偷偷自慰去了。"一位室友嘟囔着说。然后，我听到宿舍内一阵爆笑。

"我和一位天使在一起。"我答道。

"你竟然有脸说和天使在一起？她是谁？从什么地方来的？"另一位室友质问。

"她来自天堂。"我答道。

我走进盥洗室之前，听到身后又传来一阵狂笑。

洗漱之前，我闻了闻自己的双手，它们仍然散发着珊珊身体的余香……

第四节　一场足球比赛

一个星期日的下午，我们学校与当地另一所大学将举行一场足球比赛，地点在市体育中心。由于我们学校足球队的守门员在上星期的一次日常训练中意外受伤，无法参加比赛，所以他们邀请我去做临时替补。我已经很久未参加足球守门员的训练了，但总好过没有守门员。

那是一个风和日丽的下午。我们的足球教练老谋深算，他特意吩咐我们在上半场采取谨慎防守的策略。因此，他指挥几名球员在赛前疯狂地射门，帮助我热身，希望我能尽快地恢复原有的竞技水平和良好状态。

事实证明，我们教练是正确的。比赛开始后，我显得异常忙碌。虽然我们的后卫费尽九牛二虎之力，我本人也使出了浑身解数，把业已生疏的足球守门技术发挥到了极致，在球门前多次抢险救球。但那该死的足球还是被两次射进了我方的球门。上半场比赛结束时，比分是二比零。我们暂时落后两分。

中场休息时，在我们返回运动员休息室的路上，我看到珊珊坐在看台观众席中间。我笑着向她挥了挥手。她也微笑地向我抛了一个飞吻。

在更衣室里，教练向我走过来，一把搂住了我的肩膀。

"小伙子，干得漂亮！你是一个很有天赋的守门员。我想你应该尽快加入我们的球队。"他微笑地对我说道。

"可是，我已经加入了学校的篮球队和排球队。"

我说。

"别担心，我会和你的教练们好好谈一谈。"他轻轻拍了一下我的后背。然后，他走向房间里的其他队员，开始布置下半场的进攻战术。

十五分钟后，我们又回到了足球场上。随着裁判的一声哨响，下半场比赛开始了。

我们发起了一场大规模反攻。除了我之外，所有的场上队员像潮水般地涌入对方半场。不到十分钟，我们的右边锋在禁区内摆脱了对方球员的防守，在球门区附近来了一个转身抽射。足球迅速飞入了对方的球门。又过了大约八分钟，我们的中锋在对方禁区内高高跃起，踢了一个漂亮的倒钩球，把球再次踢进了对方球门。在不到二十分钟内，我们顺利将比分扳平。

我们教练非常高兴，派出我们队长上场。他是一位非常有经验的球员，他没有辜负我们的期望。十分钟后，在对方球门前的一场混战中，他纵身一跃，用头部将球神奇地顶进了对方球门。至此，我们反败为胜。

我听到观众席传来了热烈的掌声。但是我们的对手绝不会就此认输。他们疲惫的老队员全部被换下场。一群年轻的球员来到了场上。他们展开了一场疯狂的反攻。于是，我又开始忙碌了起来。他们确实制造了不少险球，但不是被我及时扑出，就是被我用手击出门框。在比赛结束前的五分钟，我们似乎已看到胜利的曙光。

可偏偏就在此时，对方的一位前锋突然摆脱我方队员的防守，飞速带球突入我方禁区。我们的后卫立刻迎上前去，将球迅速铲出，对方球员应声倒地。遗憾的是，那位前锋的前脚已经踏入我方禁区。裁判毫不犹豫地判罚了一个点球。

见次情况，我的心里不由一沉，观众席也变得鸦雀无声。

两分钟后，我表情凝重地站在球门前，面对对方的罚球队员。我感到体育场内所有人的目光，也包括珊珊，全都注视着我的一举一动。我集中全部精力，全神贯注地盯着那个罚球队员的眼睛。我察觉到他故意用眼角不停地瞟着球门的左下角，但偶尔有一次，他偷偷地看了一下球门的右上角。我看穿了他的鬼把戏。

　　裁判的哨声吹响后，他抬腿向摆放在罚球点的足球冲去。我假装上当，身体倒向左侧，但实际上，我已经做好向右侧扑球的准备。在他的脚触球那一瞬间，我看到他的脚尖和脚踝略微向右转。我立刻改变了方向，身体转向了右侧。等到他发现的那一刹那，为时已晚。球已飞向了球门的右上角。我纵身一跃，伸出右手，击出了那个混蛋射出的阴险一球。足球擦着球门上框，飞出了界外。然而，我的后背却撞到了那个该死的球门立柱上，身体重重地摔倒在地上。我听到远处观众席中传来了一声尖叫，那是珊珊的声音。

　　当队友们用担架将我抬出比赛场地时，一位医生匆忙赶来。经过仔细检查，他告诉我说，我的背部有严重的软组织挫伤。他从急救箱里取出一大卷绷带和外伤敷料，将我的后背严严实实地包扎起来。此时，我发现珊珊正站在医生后面低声哭泣……

　　此刻，终场的哨声响起，比赛结束了。我们最终以一分险胜。当珊珊搀扶着我走出体育场时，观众们报以热烈的掌声。

　　有时，成为一名负伤的勇士也是值得的。当我返回校园时，发现自己竟成了引人注目的大明星。所有人都向我点头示意和微笑。晚餐时，就连平时总是嘲笑我是大饭桶的主厨也往我的盘子里多加了几片大肥肉。此外，在我离开食堂时，他还特意嘱咐他的助手给我送来两个煮鸡蛋。然而，我脑袋里惦记的却是当天晚上与珊珊的约会。

　　傍晚，珊珊与我在校园东北角的小河边漫步。由于我背部有伤，我不得不在河岸的一块大石头上坐下来休息。珊珊侧身坐在我的大腿上。她双臂搂着我的颈部，不时地吻一下我的脸颊，然后，注视着我的眼睛，目光中充满了怜悯和同情。之后她再吻我一下，再注视我眼睛，不断地如此重复。她的吻是如此的温柔，我被她的款款深情深深打动，再也无法控制自己的冲动。

　　"珊珊，我爱你，"我声音颤抖地说："我现在好想要你。"

　　"真的吗？亲爱的！"她轻声地问。

　　"是的，我说的是真心话。"我一边说，一边把手放在左胸上，证明自己的诚意。

　　"我也想，可是……"

　　她犹豫着，内心似乎在不断地挣扎。

　　"唉，那好吧！我去找那些愿意的女孩。"我抬起头来，夸张地仰天长叹。

　　"我相信你不会那样做，假如你爱我的话。"珊珊生气地撅起嘴唇，用手在我的脸颊上狠狠地捏了一下。

　　"我在开玩笑哪！"我不由大笑了起来。

　　我知道珊珊来自一个传统的家庭。她的父母都是中学教师。她在心理上还未充分准备好，她认为所有的婚前性行为都是不道德的。令我感到惭愧的是，比起她的纯真爱情，我的爱却总是充满肉欲，那是一种粗俗的爱。

第五节　一次意外的露水情缘

　　我与珊珊交往了三个月之后，圣诞节和新年即将到来。学校学生会将要举办一场圣诞及新年文艺晚会。我们系里的一些同学打算在晚会上表演一段西班牙斗牛舞。他们知道我有一个朋友是省歌舞团的一位钢琴家，所以特意来向我寻求帮助。

　　"如果我帮你们的话，我能得到什么好处？"我趁机与他们讨价还价。

　　"我们请你吃一顿大餐。"

　　"好，一言为定！"我同意了。

　　几天后，在我朋友的热情帮助下，我们邀请到一位专业舞蹈演员做我们的教练。从此，每逢星期日傍晚，我们不得不去省歌舞团的舞蹈排练厅进行排练。

　　我们的舞蹈老师是一位年轻漂亮的舞蹈演员。她从十岁开始接受正规的芭蕾舞训练，十四岁就开始登台演出了。她有一双水汪汪的大眼睛和优美的长腿，身材高挑，体态挺拔，气质高雅。她站在那里，就像一只昂首挺立的丹顶鹤，静静地立在水边。然而，经过一周排练后，我的朋友满面笑容地来到我身旁。

　　"嗨！郝京，我们漂亮的舞蹈演员对你印象不错。你想不想与她交朋友啊？"我朋友问道。

　　"可我只是一名普通的的在校大学生，"我一脸困惑地说："我和她之间能有什么好谈的？"

　　"她喜欢读书。你为什么不从你们学校图书馆借一些小说给她看呢？然后，再看看你们之间会发生什么？"
他建议说。

"那好吧，我恐怕会让你们失望的。"我无奈地耸
了耸肩。

"试一试，也许会有出人意料的结果，谁知道呢？"
我朋友拍了拍我的肩膀。

有时候，我真地痛恨我自己。我性格中最大的弱点
就是不懂得如何说"不"。

可是，我如何去向珊珊解释呢？我思前想后，终于
想出一个办法。我骗珊珊说，由于课外体育训练过于繁
重，占用了我大量业余时间。我已远远落后于自己的学
习计划。因此，我需要几周的时间来补习功课，阅读课
外学习资料和参考书籍，尽可能达到期末考试的要求。
我的故事听起来似乎很有道理。珊珊信以为真。

"你要注意身体，晚上别熬夜太晚。"她嘱咐我说。

回到宿舍后，我一连扇了自己几个耳光，痛骂自己：
"郝京，你这个无耻的骗子！"

此后，每到星期日傍晚，我便背上我那愚蠢的书包，
里面装满从学校图书馆借来的各种书籍，乘公交车送到
舞蹈老师那里。她总是客客气气地感谢我。随后，她会
陪我在公园或附近其它地方散步，静静地听我一人在那
里海阔天空地胡扯八道。

有一天，她特意来学校来看望我。在大学校园里，
她显得格外抢眼。当她向我的室友和同学们点头示意时，
她那专业舞蹈演员的体态和优美身姿，着实让他们惊叹
不已，纷纷投来羡慕的目光。她的美貌与气质也引来校
园内其他校友们的一致好评。

坦率地讲，她安静、沉稳、具有漂亮女孩所拥有的
一切，但惟独缺少真情与纯真。她总是小心翼翼地隐藏

着自己的真实情感，从不让别人知道她内心在想什么。我猜想，也许她身后有众多年轻有为的爱慕者在追求她。但她只是默默地等待着，看谁最终能够脱颖而出。这就像是一场蒙面的爱情马拉松比赛，选手们拼命地向前奔跑，但谁也不知道自己的位置和名次，但只有她知道。她只需耐心地在终点线等待，看谁最后能脱颖而出。我打心眼里不喜欢这种爱情游戏。

经过了三个星期的送书服务后，我开始有意挑起事端。

"你为什么与我交往？我恐怕不值得你浪费时间。"我说。

"我喜欢你高大的身材和略带孩子气的面孔。"她安静地回答。

"再加上我愚蠢的脑袋。"我补充道。

"也许。"她被逗笑了。

"很可惜，在你年少的时侯未能接受系统的芭蕾舞训练，"她叹息道："否则的话，我们很有可能会成为一对理想的舞台搭档。"

"是吗？可惜太晚了。"我回答说。

"如果你愿意的话，可以试一下国际标准舞，你一定能行。"她鼓励我说。

"你愿意教我吗？"

"那当然。"她愉快地回答。

于是，下一个星期日的傍晚，我们来到市区的一家歌舞厅。我的舞蹈课就在一段优美的舞曲中开始了。前两周，她教我如何跳华尔兹、探戈、狐步舞等。后两周，她又教我跳伦巴、恰恰、桑巴和牛仔舞。

我不得不承认，她是一位优秀舞者和称职的老师。当她带我一起跳华尔兹时，我觉得就像高天上的流云或山间流淌的小溪，我们在舞厅里转啊，转啊，如行云流水一般。她娇嫩细长的手指以及她柔软的腰肢，令人感觉好极了！这是我与她在一起唯一的美好时刻。

此后，我继续为她提供送书服务，直至有一天，我终于失去耐心，决定退出这场爱情游戏，或者更确切地说，是临阵脱逃。

我告诉她，我需要准备期末考试，近期可能不会再来了。她叹息了一声，什么也没说。但是，女人的眼睛从来不会撒谎。当我们分手时，我发现她那双美丽的大眼睛里带有一丝莫名的忧伤。

坦率地讲，她的确美丽动人，但过于矜持。她心里有太多的权衡与算计。可是，在我看来，生活就像绘画，不是做算术题。虽然，所有的旁观者都认为我们是非常般配的一对，至少从外表上看来是如此，但我们之间的交往就这样不了了之了。

下一个星期日的傍晚，我终于又回到了珊珊的身旁。她用张开的臂膀和一个绵长的法式热吻迎接我的回归。她那纯真质朴的爱就像一股清流，温暖了我的内心。校园爱情永远是天真无邪的，那是一种天使之爱。

一个星期后，在我们校园的圣诞与新年文艺晚会上，珊珊受邀为大家演唱了一首《月亮代表我的心》。她那柔美的歌声赢得了观众的阵阵掌声，也深深拨动了我的心弦。在晚会结束后，经过评委审议，珊珊演唱的歌曲获得了女声独唱一等奖。同时，我们系77与78级男女同学联合演出的西班牙斗牛舞获得了晚会颁发的特等奖。

颁奖典礼后，学校学生会特意安排一个聚餐，宴请所有参演人员。我和珊珊均收到邀请，并且被安排在嘉宾席位。席间大家把酒言欢，共叙桑麻，一同憧憬未来的美好前景。最后，我们与大家共同举杯，互祝圣诞与新年快乐！

第六节　课堂上的糗事

圣诞节后的第一个星期一，我们在教学楼的阶梯教室里有两节大课。但是不巧，我睡过了头。于是我不得不一路小跑，赶到学生食堂，匆忙吃完早餐。然后，在老师开始授课前的一分钟匆忙走进教室。当我气喘吁吁地坐下来时，很庆幸自己没有迟到。

我为什么如此急切地来上今天的大课呢？首先，我非常喜欢今天的授课老师，他讲授的课程从不令人感到乏味或昏昏欲睡，其次，珊珊也会与我在同一间阶梯教室内上课。她一般是选择坐在前排，虽然她与我不是同班，但却是同一个系和同一年级的同学，因此，我能有机会在后排从容欣赏珊珊那柔婉玲珑的颈部和线条优美的背部，令人如痴如醉，心猿意马……

正当我神情恍惚，心不在焉之时，突然听到老师叫我的名字。

"郝京，请你与大家分享一下，读完安徒生童话《皇帝的新衣》后的感想，好吗？"

"好的，老师，我觉得吧……"我慢慢站起身来，由于课前没有事先预习，所以，我不得不拼命地脑筋急转弯。然后，我支支吾吾地说："那两个骗子……大概是同性恋者，如果是我的话……我一定会去骗皇后或者年轻貌美的公主，您想啊，谁愿意去看一位赤身裸体的糟老头啊！您觉得……这样是不是更合乎情理呢？"

教室内的男生和女生听后不禁哄堂大笑。

24

"嗨，你们别笑啊！我是认真的。"我抗议道。

谁知大家笑得更开心了。

"这是一个很有趣的回答。如果我是你的话，我会在提出自己的观点之前，首先找到足够的证据。"老师以学究式的口吻给出了他的评语。

接下来，授课继续进行。我不禁对我的愚蠢回答感到有些尴尬。

课堂结束后，我带着一脸谄笑走到讲台前。

"对不起，老师，我确实是认真的，没有别的意思。"我向他道歉地说道。

当时，老师正低头整理他的授课材料。

"没关系，我很欣赏你的幽默感。"他回答道。

等他收拾完东西后，抬起头看了看我，似乎回忆起了什么。

"哦，几个月前，你在那场篮球比赛中表现得非常引人注目。那天我也碰巧在现场观看比赛。"他高兴地说，似乎把课堂上发生的事情忘得一干二净。

"当时，我们的篮球教练非常明智，"我耐心地解释，竭尽全力地讨好他。"他把我事先冷藏起来，一直到下半场。等到我上场时，对方队员已经精疲力竭，无力防守了，否则，我没那么顺利。"

"总之，我喜欢你的个人表演秀。"他委婉地说。

听到他最后的评论，我感到自己的脸唰地一下红了……

那天傍晚，我们校园内因供电线路故障，临时停电。我们不得不呆在宿舍里，等待恢复供电。

在 1978 年，大学的宿舍里通常安排七至八名学生住宿。

我的第一位室友名叫司锐章，如果译成中文，就是

"张三"。他的父亲是一名工程师，母亲在图书馆工作，是一名图书管理员。他有一位年轻漂亮的姐姐。每逢周末，她就会来宿舍帮助"张三"洗衣服。我们都非常羡慕他有这样一位年轻漂亮，富有爱心的好姐姐。

我的另一位室友叫明华，绰号"名花"。他来自农村，父母都是农民。他来到宿舍的头一天晚上，穿着一条在城里只有女孩子才穿的那种花内裤睡觉。这让我们感到非常滑稽可笑。因此，第二天下午课后，"名花"去大学附近的一家商店里买了一块素色棉布。然后，他先将一张旧报纸剪裁成短裤样子，再以此为样板，为自己剪裁并缝制了一条新短裤。他的心灵手巧着实让我们感到无比惊讶。

第三位室友叫大伟，绰号"佐罗"。他是一位体格强壮，性格豪爽，爱打抱不平的家伙。他的父亲是一位陆军准将。在我们新生入学军训的实弹射击中，他获得了步枪射击比赛第一名。他体格健壮，胸脯上有两块硕大的胸肌。这使我联想到入校新生军训时发生的另一件有趣的事情。

那是一个天气晴朗的下午，我们在操场上站成一排，等待军训教官的巡视。

"立正！"随着一声口令的发出，巡查开始了。突然，教官停在了一位脸蛋红扑扑的新生面前。

"这小伙子身体真棒！胸前的两块胸肌练得鼓鼓的。"教官高兴地拍了拍那位学生的肩膀。

"报告教官，我是女生。"她一面说，一面脸色羞红地向教官敬了一个军礼。

"哦……抱歉。"教官尴尬地回答。

我的第四位室友叫尔典，外号"男爵"。他是一位高大帅气的大男孩，正处在颜值巅峰期。他非常注意自己的外表，衣着考究，新颖时尚。遗憾的是，他的兴趣不在体育，而是跳舞。他的父亲是一位著名的园林设计师。

第五位室友名叫田江，外号"甜面酱"。他与"佐罗"来自同一个城市。他们是密友，整天在一起，形影不离。大学毕业后，"甜面酱"与"佐罗"的妹妹喜结良缘。他最终成了"佐罗"的妹夫。

我最后一位室友叫老巴，外号"阿里巴巴"。他是一位穆斯林，性格沉稳，安静，总是若有所思。他学习非常努力，脑子里装有我们同学中最大的英语词汇量。当他记忆英语单词时，常常伴有丰富的肢体语言。

有一天，宿舍房门半开，我们悄悄地向内窥视，发现"阿里巴巴"正端坐在书桌前朗读课文，他首先用双手做推门状，用英语大声朗读，"open"，然后双手又做关门状，用英语朗读，"close."。我们在门外被他的滑稽动作逗乐了，捧腹大笑。

由于校园停电，我们都无所事事，百无聊赖。于是，"佐罗"斜眼瞟了一下正躺在床上吹口琴的"张三"。他是一个嘴馋的家伙，总是对食堂午餐时的小酥肉垂涎三尺。

"喂，'张三'，"佐罗"挑逗他说："你敢不敢打赌，如果你敢摸一下咱们女班长的臀部，我们每天在食堂给你买一份小酥肉，如何？"

"张三"犹豫了好一会儿，最终实在无法抵御小酥肉的诱惑，答应说："那好吧。"

"那明天就看你的了？""甜面酱"怂恿他说。

"没……问题。""张三"支支吾吾地回答。

第二天上午，"张三"大概是由于过度紧张，在课堂上不停地打嗝。课间休息时，他提心吊胆地走到正站在窗前眺望外面风景的女班长身后。

"对不起，你可以赏我一个耳光吗？""张三"胆怯地问。话刚说完，他不禁又打了一个嗝。

"我为什么要这样做？"女班长回过头来问。

此时，"张三"鼓足了勇气，用手在女班长的臀部轻轻拍了一下。女班长先是一怔，然后满脸通红。作为回敬，她狠狠地扇了"张三"一记大耳光。

虽然，重重地挨了一个耳光，但张三最终还是赢了。在随后的一周里，每逢午餐，"张三"便心安理得地享用着我们轮流为他买来的小酥肉，心中乐开了花。

此外，在学期临近结束时，好消息传来。在期末考试中，老师放了我一马，给了我一个 A。因为自从那次听课后，我查阅了大量史料，未发现有任何证据可以证明那两个骗子是同性恋。我为此写了近二十页的学术论证报告，并将我的研究成果呈送给了老师。

至于"张三"，那位曾经摸了一下女班长的性感臀部，并挨了一记大耳光的可怜室友，他已经在谈恋爱了。

事情是这样的。我们心地善良的女班长事后为她当时的冲动举止感到懊悔，特意向"张三"表示歉意，"张三"也真诚地向她道歉。两人很快成为了好朋友，并双双坠入爱河。这个幸运的混蛋！

第七节　关于父亲

不久，我大学时期的第一个寒假到了。珊珊回家乡去与她的父母和两位可爱的双胞胎弟弟团聚，而我呢，则回去与我父亲团聚。

在我脑海中，有关我父亲的最初记忆是在我童年的一个冬日夜晚，寒风料峭，我久久不能入睡，在床上哭闹。父亲来到床边，哄我入睡。这时，窗外突然刮起了一阵北风，树叶被大风卷起，窗钩被风吹得哗哗作响。

"你听，窗外现在有只老虎，正在用爪子抓窗户。"父亲吓唬我说："如果它听到屋里有小孩子哭闹，就会进来把你活活吃掉。"

我信以为真，感到非常害怕……

第二天早上，我爬起来，寻找老虎的爬窗的痕迹，可窗外什么也没有。

另一个有关我父亲的早年记忆是在一个星期日的下午。当时我才五岁，正坐在饭桌旁，用一支铅笔在白纸上专心致志地画着一辆苏制 T34 坦克，就是第二次大战期间，由前苏联设计并大量生产的那种坦克。我父亲刚从外地出差回来，他放下行李，给自己倒了一杯茶，然后，来到桌旁，好奇地看我在画什么。等我画完后，抬头看了看他。

"爸爸，你会画画吗？"我问。

"你为什么要问这个问题？"他面带微笑地反问道。

"我想请你为我画一张肖像。"

"嗯……这恐怕……"他犹豫地说。

"你试试嘛！爸爸。"我打断了他的话，递给他一张白纸和一支铅笔。

他无奈地接过纸和笔，坐下来开始为我画肖像。然后，我像美术模特一样，一动不动地端坐在桌子对面……

十分钟后，爸爸终于画完了，并向我递交了他的家庭作业。我迅速地浏览了一下，小嘴立刻撅了起来。令我大失所望的是，这张绘画画得很糟糕，一点也不像我，更像是一个街边的乞丐。

然而，只要一有空闲，我就继续我的绘画。可我为什么如此钟爱绘画呢？因为我有一本儿童彩色连环画册，书名是《神笔马良的故事》*。我一直渴望能够得到一支像马良那样的神笔，惩恶扬善，济世救民。

*《神笔马良的故事》

从前，有个男孩，名子叫马良，他的家里非常贫穷，连一只笔都买不起。一天他放羊回家，经过一个私塾，他看见一个画匠在给官员画画，马良不禁走了进去。他跟师傅说："你能借一支笔给我画画吗？"官人和画匠不仅嘲笑他，还把他赶了出去。马良不怕失败，后来他开始用心地学习画画，当他去山里砍柴，他就用树枝在地上画，当他去河边，他就用稻草秆画鱼，他见什么就画什么。日子过得飞快，马良画得越来越好，但他还是连一支画笔都没有，他多希望自己有一支画笔啊。

然后，有一天，有位老人在梦中给了他一只笔，老人嘱咐他去为穷人画画。马良快速接过了笔，在墙上画了只公鸡，公鸡马上就活了，从墙上跳下来咯咯咯地叫，原来这是一支神笔。于是他每天都去给穷人画画，画的所有东西都变成了真的，他给农民画了牛和犁。官员听说了，于是派兵抓马良。他跟马良说，给他画点金子，马良拒绝了，于是马良被关进了大牢，有天晚上，狱卒睡着了，马良就拿出笔在墙上画了个门，他一推，门就开了，于是他就跟其它坐牢的人逃走了。守卫就去追，于是马良画了匹马，骑马逃跑了，守卫根本就追不上他。

一天，马良在干旱的地方画了一个水车，突然，几个官家守卫出来把他抓走了。这次官员告诉他，让他画一座金山，马良画了一片海，金山在海里。山上全是金子，官员十分高兴，说道："快给我画一艘大船，我要去去山上运金子。"于是，马良画了一艘大船，官员和守卫一起上了船，说到："出发，快点。"于是马良就画了一点风，船满帆而行，驶往海中的金山。官员嫌慢，要求速度快点，于是马良就加了几笔强风，官员开始害怕地说："够了，够了，不要风了。"马良不听他的，他还是接着画风，现在风力很强，于是翻船了，官员和守卫都淹死在海里了。马良回到山村，又开始为穷人画画。

....

一年后，我在北京举办的一个儿童绘画比赛中出人意料地获了一等奖。我的作品被刊登在中国一家著名儿童杂志上。刊物的名字叫《小朋友》，该杂志给我寄来了一张漂亮的明信片作为纪念。我父亲得知此事后，非常高兴。他特意为我买了一盒饼干作为礼物。虽然我没有得到一支像马良那样的神笔，但得到一盒好吃的饼干，我依然非常高兴。

我父亲从小生长在湖南省衡阳市郊外的一个小山村

里，他是我爷爷的长子。在 1940s 年代，我爷爷曾经是他那个村子里最富有的农民。用现在的话讲，就是"地主"。我父亲很早就离开家乡，去湖南长沙求学。他毕业于那里的一所工程技术学校。后来，抗日战争爆发，作为一名工程技术人员，他分别在南京、上海、湖南、广西桂林和云南宝山等地工作，参加过国共抗战。

他是一位典型的工科男。他性格沉稳、理性，说话措辞严谨，礼貌待人。是的，所有人都这样讲。我从未听到他对家人或者外人讲过粗话。而且，我从未见过他抽烟或酗酒，也从未见过他当众取笑过别人。

中国共产党执政后，他作为一名参加过抗日战争的资深工程技术人员，被招募到北京的中国煤炭工业部，并在那里又继续工作了十五年。直至 1966 年末，父亲被调往河南省中部一个大型矿区工作。那里曾是继大庆油田之后，中国第二个经济特区。一年后，我和我母亲也随迁到那里。当时，我父亲已经是教授级高级工程师，并被晋升为特区矿务局总工程师。他的委任状是由当年中国煤炭工业部部长张霖之亲自签名并颁发的。

该矿区有点像当年处于鼎盛时期的德国鲁尔工业区。因此，他在那个矿区里是一位家喻户晓的人物，或者用我的话讲，他是一条小池塘里的大鱼。

第八节　童年记忆

我父亲总是很忙。陪我吃了一顿晚餐后，他第二天一早就匆匆忙忙与他的助理一起出国考察去了，历时大半个月，剩下我独自一人留在家中。

在一个百无聊赖的下午，我懒洋洋地在家中浏览书刊杂志，打发无聊的时间。随后，我又随手翻开了一本家庭相册，浏览里面的老照片。突然间，我的目光停留在一张 1960s 年代我们全家在北京王府井一家著名照相馆拍摄的全家福照片。这幅老照片又将我带回到童年时代，回忆起拍摄那张照片的有趣下午。

在照片中，我父母笑容满面，端坐在正中央。当时我还年幼，正坐在母亲的双膝上哭泣。我身旁站着一个满脸不高兴的少年，那是我二哥。我大姐站在父亲的身旁，怀里抱着一个正在哭闹的婴儿，那是她的小儿子。站在我大姐身旁的那位年轻姑娘，是我二姐。她衣着时尚，笑容甜美。站在后排的那位身穿空军军官制服的年轻人是我大哥。而站在我大哥身旁的另外一位军人是我大姐夫，是一名陆军上校。他从小投身革命，是一名"红小鬼"。

在 1940s 年代的抗日战争时期，我大姐夫曾经给一位名传奇人物当警卫员。那位传奇人物是一名抗日游击队长。在新中国的 1960s 年代，曾经上演过一部电影《平原游击队》，就是根据他的真实故事改编的。他有一个响亮的名子叫"双枪李向阳"。他的名字在中国大陆可谓是家喻户晓，妇孺皆知。作为李向阳的警卫员和传令兵，我大姐夫曾亲眼目睹李向阳壮烈牺牲。在我上大学前的一个中午，我大姐夫向我口述了"双枪李向阳"的真实故事。

那是1940s年代，一个阴霾的下午，李向阳参加完上级领导召开的会议后，带着他的警卫员，也就是我姐夫返回营地。不巧，在半路上他们遭遇了一群伪军和日本士兵。几名伪军上前拦住了他们的去路，准备进行搜身检查。李向阳当然不会允许这种情况发生。他拔出自己的两支军用毛瑟手枪，当场击毙了那几名伪军。当李向阳射击完子弹后，我姐夫随即掏出双枪开始射击，掩护李向阳重新装填子弹。随后，一场激烈的战斗开始了。

听到枪声后，敌人的增援部队陆续赶到。李向阳和我姐夫不得不且战且退。

当夜幕降临时，李向阳的腿部不幸中弹，无法继续行走。于是，他隐蔽在一个土坟堆后面，取下背在肩上的军用公文包，递给我姐夫。

"你先撤退，我掩护你。"他命令道。

"不行，我们一起战斗到底。"我姐夫回答说。

随后，李向阳又从上衣口袋里掏出自己的怀表，递给我姐夫。

"拿着，这是我交的最后一次党费。你快点走，马上。"他下达了最后一道命令。

因此，我姐夫将他的全部子弹和一支毛瑟手枪留给李向阳。然后，他趁着夜色，撤离了战场。可在撤离途中，他的肩部也不幸中弹，不得不躲进了附近一处灌木丛中。他亲眼目睹了双枪李向阳在耗尽子弹后，引爆了手中的最后一颗手榴弹，与身边几个日本士兵同归于尽。

"双枪李向阳"英勇牺牲了，但他挽救了我姐夫的性命。我姐夫静静地躺在灌木丛中，泪水模糊了他的双眼……

好了，让我们再次回到那张全家福照片。

站在最前排的，是我大姐的女儿和她的长子，或者说，是我的外甥女和外甥。他们好奇地睁大眼睛，盯着照相机镜头。

唉！瞧这一家子！每人脸上都有截然不同的表情。我不难想象，摄影师一定是尽了极大的努力来控制当时的场面，但是，他显然放弃了让每人的脸上都绽出甜蜜笑容的努力，最终在万般无奈之中按下了快门，于是才拍下了这张滑稽而又妙趣横生的全家福照片。

现在，再来说说照片中那两个哭泣的孩子，我知道我的小外甥一定是饿了，哭着要吃奶。可我为什么哭呢？根据我的记忆，当时在我们隔壁的一间摄影室内，有一对情侣正在拍摄婚纱照。新娘身着一袭白色婚纱，从头到脚点缀着各种精致的首饰和服饰。那套服装看上去酷似影片《孙悟空三打白骨精》*中的妖怪白骨精所穿的那套衣服。不久前，我刚刚与我父母一起，在离那家照相馆大约 100 米远的北京儿童电影院里看过这部影片。我依然记忆犹新。因此，我误认为是白骨精下凡，到人间作恶来了。我顿时感到非常恐惧，所以不停地哭泣。我二哥为此感到非常恼火。于是，我们两人分别在照片中留下了哭泣和恼怒的表情。

· ·

*《孙悟空三打白骨精》

《孙悟空三打白骨精》是中国明朝时期作家吴承恩创作的长篇神话小说《西游记》中的一个著名片段。故事是关于唐三藏在三个徒弟的护送下，去西天——古代佛教中印度的名称。他在途中遇到由一具白色骷髅变成的白骨精。她狡猾，熟知人类的弱点。于是，她变成不同的化身，首先是变成一位美丽姑娘，然后是一对老妇和老汉，企图欺骗和捕获唐僧。孙悟空看穿了她的伪装和诡计，最终杀死了她。于是师徒四人又继续他们的西天取经的旅程。

· ·

那天傍晚，我独自在附近的一家餐馆里吃晚餐，旁边的桌子刚好坐着几位脸蛋红扑扑的可爱小男孩。他们一边狼吞虎咽地吃着炸鸡腿，一边大声地喧闹。吃完鸡腿后，他们又静静地仰头坐在那里，用舌头舔舔着各自手中的蛋卷冰淇淋。

看着他们在那里开心地享用餐后甜点，我的思绪又回到了过去。我的少儿时代与他们截然不同。那时中国正处在"文化大革时期"，冰淇淋蛋卷在那个矿区小镇里是一种罕见的奢侈品。

中国当时正处在一种"所有人反对所有人"，或者说，是全民内战的无政府状态。从某种程度上讲，所谓"无产阶级专政"是一种暴民政治和没有法治的民主。人们分裂为两大阵营，即造反派与保皇派。他们相互辩论争吵，最终相互付诸于武力，那是一个充满愚昧、无知和暴力的年代。

我记得，在一个星期日的下午，我们正在邻居家的房前玩玻璃弹球游戏。在那所房子内，造反派学生正在召开一个秘密会议。不料，一群保皇派分子闻讯赶来，破门而入。他们与房子内的造反派发生了激烈争执。透过敞开的大门，我们看到一位年轻学生站在客厅的桌子上，手中挥舞着一支军用毛瑟手枪。不久，我们听到一声枪响，子弹从屋顶射出，然后，又是一声枪响。我们一群孩子顿时做鸟兽状散去，各自逃回家中。

半小时后，保皇派的增援部队闻讯赶到，包围了那所房子。一位手持 AK47 突击步枪的保皇派民兵跪蹲在我家门前的台阶上，向邻居家的房子不停地点射。我龟缩在屋内墙角，吓得浑身发抖。最终，当他们攻入那所房子时，发现造反派学生及其头目早已逃之夭夭。

两个月后，又一个阴郁的下午，另一场造反派与保皇派之间的战斗即将发生。满载着造反派学生的卡车，一辆接一辆地驶向小镇的西部。那里有一座被保皇派民兵占领的影剧院作为他们的军事据点。人们纷纷在路旁驻足观看，默默地注视着远去的车队。

下午晚些时候，远处传来了一声枪响，紧接着就是一阵激烈的步枪射击声，其中夹杂着一阵阵机枪扫射声，偶尔也传来一两声炸弹的爆炸声。枪炮声持续了两个多小时，直到傍晚时分才渐渐停下来。最终，几辆载满着保皇派民兵俘虏和伤员的卡车驶回了造反派大本营。它刚好就在离我家不远处的一栋楼房里。我看到被押回的俘虏们被粗野地推下卡车，他们高举双手，头上和身上缠着浸满血迹的绷带。毫无疑问，一场通宵达旦的审问和严刑拷打在等待着他们。

同样是在那天下午，一位年轻母亲在自家房前的院子里正在给自己的婴儿喂奶，不幸被一枚流弹击中头部。她当场倒地，再也没能爬起来。婴儿凄惨的哭声回荡在漆黑的夜空，也撕扯着附近邻居们的内心……

那是一个疯狂的年代，所有人都经历了无尽的磨难和艰辛。

第九节　少年记忆

　　寒假两周后，恰逢中国农历大年三十，家家户户张灯结彩，欢声笑语不绝于耳。矿区小镇大街小巷到处都洋溢着节日气息，各个商场里人山人海，热闹非凡，不管是老人还是小孩子们手里都是大包小包的，脸上洋溢着节日快乐的笑容。

　　邻居们发现我独自一人在家过年，便纷纷送来他们为过年储备的各种食品，堆满了一大桌子，我大概十天半月也吃不完。第二天是大年初一，我早上醒来，发现窗外已是大雪纷飞，而且雪越下越大，雪花像鹅毛似的飘落下来，树上、房顶上、田野里到处都是白芒芒一片。

　　大年初二是个特别的日子，家家都会点燃香炉，祈求新的一年平安顺利。亲朋好友们纷纷走出家门，相互走访拜年，昔日的同学与好友们也欢聚一堂，恭祝新年快乐，身体健康，万事如意！

　　在初二的一次同学聚会中，我遇见了汪振，由于他在家排行老四，所以绰号叫"老四"。他是我童年时代的邻居和"发小"。他父亲是特区党委纪监委书记，可"老四"却是个十恶不赦的小混蛋。作为邻居，我们放学后经常在一起玩耍。有时，我们会手持自制弹弓在街头或公园里闲逛，随意射击树上的鸟类，有时也会射击鸡、猫、狗等家禽或动物，甚至是附近居民的玻璃门窗取乐。我们在社区里声名狼藉。当然，劣迹曝光后，我们总是受到父母的斥责和严厉惩罚。

每逢暑假，我们会与同伴们一起，去邻近的村庄或县城去猎奇探险，乡间的茅草土屋和散落草地上哞哞叫的牛群呈现出一派安静祥和的田园景象。有时，我们也去郊外远足，我们的小狗跟在我们身后欢快地奔跑跳跃。

　　有时侯，我们还会去爬山，采摘野生酸枣。一群孩子沿着蜿蜒崎岖的山路向上攀爬，登上矗立在小镇北面几公里处的山巅之上，从高处鸟瞰整个矿区，以及远处秀丽的乡村景色，颇有一番"会当凌绝顶，一览众山小"的感概。

　　在离我们不远处的另一座山顶上，矗立着一座残旧的石头城堡。无人知晓它是由何人，在何时修建的。但最接近真实的推测是，这个石头城堡是由当地的一股土匪在 1940s 年代前后建成，主要是为了抵御日本士兵的疯狂扫荡和劫掠。因为中国当时正处在抗日战争时期，那是一个兵荒马乱的时代。

　　我还记得，在一个月黑风高的夜晚，"老四"悄悄爬到邻居家厕所的窗台上，透过玻璃窗，偷窥邻家女孩如厕。有一次，"老四"正巧发现是他心仪的女孩在厕所里，因过度兴奋，不慎从窗台上跌落，重重地摔倒在地上。

　　另一件让我记忆犹新的有趣事情，发生在一个炎热的夏日午后。我们放学后在"老四"家的院子里玩单腿斗鸡游戏。一位穿开裆裤的邻家小男孩站在一边旁观。突然，我们其中的一位同学惊叫起来，我们全都停下了来，看看到底发生了什么？让我们感到意外的是，那个穿开裆裤的小男孩正在用他的小手玩弄自己的小鸡鸡，更让我们感到惊讶的是，他的小鸡鸡竟然勃起了，就像一只竖起的大拇指。天哪！一位年仅四岁的小男孩啊！我们全都捧腹大笑，瘫倒在地上。其中一个叫"二胖"的同学，他父亲是我们特区政府机关食堂的主厨，竟然把自己的衣服扣子都笑绷了！

"喂，是谁教你这样干的？我们困惑不解地问那个小男孩。

"是他教的，"小男孩用手指着"老四"回答说。

后来，我听说那个小男孩患上了儿童性早熟，上初中学时，他曾因此而一度休学。

小学毕业后，"老四"与我进入了同一所中学。他擅长打乒乓球，我喜爱打篮球。我们都是学校的明星球员。高中毕业后，他参军去了，而我顺利地考上了大学。

在那次同学聚会中，我还遇到了朱莉。在我读小学五年级时，她曾是我的同桌。我记得，在一个初夏的早晨，朱莉走进教室，身穿一件白色上衣和一条天蓝色百褶短裙，她快步来到桌边，然后坐在了在我身旁。上课铃响了，我们的数学老师怀里抱着几本教科书，匆匆走进教室。

同学们立刻全体起立，并齐声喊道："老师好！"。

"同学们好！"老师回答。

上课随即开始。课程进行了大约半小时，我感到有点坐立不安，无法集中注意力。于是我强打精神，努力让自己不要打瞌睡，但失败了。因此，我只好俯身趴在课桌上，闭上眼睛小憩一会儿，当我再次睁开眼睛时，无意中瞥见了课桌下朱莉的大腿，看上去白白嫩嫩的，略带点儿婴儿肥。更有趣的是，我发现她一条大腿内侧竟然有一颗小黑痣……

在随后的几周里，每当我在课堂上感到无聊乏味时，便趴在课桌上，佯装打瞌睡。但实际上，我是在偷窥朱莉的大腿。有一次，我竟然在朱莉的两条大腿之间看到了她的粉色内裤。

然而，等到期末考试时，我除了体育课之外，几乎门门功课不及格。在接下来的暑假里，我不得不为开学后的补考而整日在家补习功课。

那次聚会中，当朱莉与我的目光相遇时，她热情地同我打招呼，我不禁又想起了她大腿内侧的那颗可爱的小黑痣。它还在那里吗？

大年初三，我去商场购物，遇到了几位我少年时代的玩伴。我们站在街边兴奋地聊了很久，回忆我们过去的美好时光。

我仍然记得，在 1970s 年代中期的一个闷热的夏日午后，正值学校放暑假。我们一群人百无聊赖地坐在我家门前的台阶上。一个流着鼻涕的小男孩正在与另一个满脸雀斑的少年下象棋。那个男孩一面用手背擦着自己的鼻涕，一面突然大声说："将"。这位刚满八岁的小男孩，竟然把他哥哥杀地一败涂地，片甲不留。他哥哥恼羞成怒，站起身来，一脚将弟弟踹翻在地，两人瞬间扭打成一团⋯⋯

此时，另一个瘦得像麻杆一样的男孩，翘着二郎腿，坐在台阶下的板凳上，感到无聊透顶，便自告奋勇，即兴为大家演唱了一段所谓"乱唱"，听起来酷似在 2010s 年代在国内互联网迅速蹿红，并被网民们称为"神曲"的歌曲《忐忑》。唱完之后，他又站起身来给大家表演了一段"乱语"，没人能听懂他在说什么，不过听起来倒像是一首韩语版的说唱，就是现在"嘻哈一族"所演唱的那种，英文叫"rap"。

"好，太酷了！"我们全体鼓掌，鼓励他继续表演。

然而就在此时，一位靓丽女孩的身影突然闯入了我们的视野。她正在横穿马路，疾走在斑马线上。我认出那是住在离我家不远处的漂亮少女，也是我们其中一位白面少年的梦中情人。当我转身去头看那个小白脸时，发现他眼睛正在直勾勾地盯着那位女孩的背影，一副魂不守舍的模样。

"嘿，请放松点儿。"我对他说。

一个满脸青春痘的男孩斜睥了他一眼，用手拍了拍他的肩膀，把他从梦境中带回到现实世界。

"喂，你好好听着，你可以想象她现在赤身裸体地躺在你的怀里，你正在亲吻她的乳房，她的乳头像一颗鲜红的樱桃，含在你的口中……"青春痘男孩无耻地挑逗着那位可怜的白面少年。

天啊！那位小白脸听后，立刻满脸通红，他的夏季短裤的裆部很快就被顶起，像一座尖顶小帐篷。在那位无耻少年挑逗下，他竟然勃起了。天哪！我此前从未听到过如此下流猥琐的语言。可我还是佩服那位青春痘少年的丰富想象力和栩栩如生的描述。我相信，如果运气好的话，他有朝一日一定能成为一个大有前途的色情片导演。

当然，除了这群街头小混混之外，我还另有一些聪明伶俐，努力上进的少年时代好友，例如，知常，绰号"直肠"。他是我在幼儿园时的"发小"，小学与中学时期的同班同学，以及大学时期的校友。如今，他已成为国内一所知名大学里的博士生导师和国内著名文艺理论家和美学家，他同时还是一位知名的红学家。而我另一位好友，亚夫，绰号"东亚病夫"。他毕业于中国科技大学，是物理学博上，国内著名的核物理专家。我还有一位少年时代的邻居，雷颐，外号"胖子"。他是中国著名近代史学家。我常常在中央电视台专题节目中看到他的讲座和专访。

另外，我刚刚提到过的那位白面少年，他曾就读于一所农业大学，后来成为了一名水稻杂交专家。有时我与他通电话时，调侃地称他为水稻"乱伦"专家。

大年初五的下午，我中学时代的另一位好友登门造访。他正在一所著名的体育学院就读，同我一样，他也是趁寒假回家过年，与家人团聚。

顺便提一下，我同学的父亲在1940s.年代抗日战争时期，曾是一名抗日游击队员，后来，因作战英勇，战功显赫，被提拔为晋南抗日根据地闻喜县县委书记。中国首任驻美国联络处主任以及中华人民共和国首任驻美国大使柴泽民先生曾经是他父亲的他的上级和入党介绍人。

游击战争通常采取"打得过就打，打不过就跑。"的游击战术。因此，我不难想象，当年他父亲经常在一群愤怒的日本士兵追逐下，在崇山峻岭中四处躲藏，拼命逃跑的场景。

我的同学很幸运，他继承了父亲的良好基因，也是一个天生的"飞毛腿"。他曾在我们中学，后来在整个矿区，最后在他就读的体育学院里从无败绩，始终保持着男子一百米短跑冠军的称号。

那天晚上，他特意来邀请我和他的几位朋友一起出去吃饭。当他把我们领进小镇上一家豪华西餐厅时，我们都大为震惊。我们拘束地围在一张铺着雪白桌布的桌子旁坐下，一位衣冠楚楚的侍者走过来，递给我们每人一份菜单。

"晚上好！"侍者客气地说。

看到菜单上的昂贵价格，我们都不由倒吸一口冷气。然而，我们的东道主却是一副从容淡定的样子。

"给我们每人来一份豪华套餐。"他漫不经心地说。

"是的，先生。"侍者回答。

"另外，餐后每人再来一份奶油冰淇淋。"我的朋友补充道。

"好的。"侍者深深鞠了一躬后，转身离开。

我朋友的慷慨大方令我们非常吃惊。

"怎么回事？"其中一位朋友问："你是不是刚抢劫了银行啊？"

"不关你的事。"他调皮地向我们眨了眨眼。

我恰好坐在他身旁，小声对他说："嘿，你小子的钱够不够啊？是否需要我回去取点现金来？"

"谢谢，不必了，我能应付。"他哼着小曲，一副若无其事的样子。

因此，我们把晚餐预算的问题暂时抛在脑后，愉快地聊起各自学校的趣闻轶事。

等菜上齐后，我们便开始狼吞虎咽，大吃大嚼。饭菜非常可口，不到半个小时，我们已经在享用最后一道甜品，奶油冰淇淋。

"谢谢你的热情款待。"我对他说。

"没关系，这是我的荣幸。你们可以先出去散散步，我去一下洗手间。等付完账单后，我会及时赶上你们的，好吗？"他笑着站起身来。

"没问题，一会儿见。"其中一位朋友站起身来，一边打着饱嗝，一边回答。

于是，我们全都站起身来，走出了餐厅。

外面天色已晚，街上行人很少。我们大声谈笑着走过了几个街区，但发现我们的东道主迟迟未来，便站在一个街角处等待他。

突然，我们看到一个黑影飞奔而来，瞬间越过了我们。一转眼的功夫，那个人影已经跑到下一个转弯处，等待我们。

"天啊，是他！这家伙淘单了，未付账就跑了。"我们其中的一位男孩说。

我们立刻加快脚步，在下一个转弯处赶上他。

"你们喜欢这顿晚餐吗？"他问道，仍然有些气喘嘘嘘。

"非常喜欢！"我回答说。

"明晚我将在同一餐厅请大家吃饭，你愿意赏光吗？"

"哦，不行，我明晚有事，不能来。"他推辞道。

我们听后哈哈大笑。

后来，我听说，他从体育学院毕业后，在体育界崭露锋芒，声名鹊起，曾夺得全省男子一百米短跑冠军，然后是全运会亚军。我还听说，他后来又回到了那家餐厅，用他的部分奖金偿还了当年他所欠下的餐费。餐厅老板喜出望外，欣然与这位赫赫有名的短跑健将一起合影留念。那张照片至今还挂在餐厅内最显眼处的墙壁上。

第十节　青春期的暗恋

二十多天天后，我父亲出国考察回来了，他的助理，淑娟也回来了。

淑娟一年前毕业于一所矿业学院，学校始建于1909年，主修机电一体化专业。她是一位混血女孩，拥有性感的身材，白皙的皮肤，绛色的嘴唇和粉色的双颊。她高大性感，丰乳肥臀。坦率地说，正是我喜爱的那种类型。

淑娟的母亲曾是中国1950s年代派往前苏联的留学生。在学习期间，她嫁给了一位前苏联工程师，但不幸的是，那个混蛋两年后抛弃了她。因此，她返回国内，生下了一个女婴，那就是淑娟。

自从少儿时代起，我就认识淑娟。我母亲生前非常疼爱她，曾经是她的教母。淑娟比我大五岁。她聪慧自立、成熟干练。我很敬佩她，但从未幻想过与她之间能有什么浪漫的事情发生。她美丽迷人，但却遥不可及。

此外，我还有点怕她！我几乎无法对她隐瞒任何事情。我脑袋里的所有的想法在她那双具有洞察力眼睛里都是透明的，一目了然。那是一双酷似西方人的，大而美丽，长着长长睫毛的棕色眼睛。作为一名秘书，她可以根据自己的职业习惯，轻而易举地读懂我的内心世界，当然也包括我愚蠢的身体语言。另外，她知道我是一个被宠坏的小混蛋，并且她对我中学时代那些臭名昭彰的绯闻有所耳闻。

在寒假之前，我的右手臂在一场省内高校篮球比赛中不幸骨折，而对方恰好又是那个该死的农业大学！幸好珊珊帮了我的大忙。她每天将我的午餐和晚餐带到宿舍，星期日则帮我洗衣服。可是到了寒假，我又变得孤立无助了。

由于我父亲的工作非常忙碌。作为他的助理，淑娟每天中午会为我送来一份午餐，但星期日除外。我知道父亲是派遣她来监视我，防止我与一些不三不四的女孩又传出什么桃色新闻或是与警察又惹出什么不必要的麻烦，尽管我有一支折断的手臂吊在胸前，行动极为不便。

俗话说："知子不如父"。我父亲太了解他这个混蛋小儿子了。早在我上大学之前，就已传出与数位年轻女性有过暧昧关系。其中一段广为人知的一段绯闻就是，我在周末与一位女孩子外出约会，下个周末又与另外一位女孩在家中缠绵，最终，她们其中的一位怀孕了，而另一位则伤心欲绝。因为，她们是来自同一个家庭的双胞胎姊妹。

另一段被人们津津乐道的绯闻是，我迷恋上了一位年轻女士，并与她暗中私通。最后，人们发现那位年轻女士竟然是我中学的英语老师。

其实，我还有一段无人知晓的地下恋情，女方虽不是我的初恋，但却是与我一起初尝禁果的同窗好友。当时我们读初中二年级，还不满十四岁。

我记得，那是一个风和日丽，万物复苏的春天，下午放学后，我们一同去我家做作业，在客厅里，我突发奇想，建议与女友发生亲密关系。她虽然感到有些意外，但同样出于好奇，并没有拒绝。于是我俩人悄悄溜进卧室，手牵手地坐在床上。在她的默许下，我把手伸进她的内衣，解开了乳罩，开始抚摸她那诱人的乳房。我当时情绪异常激动，心里"砰砰"直跳。过了一会儿，我又双手颤抖地解开了她的裤带并将她的裤子脱了下来……

由于我们过去从未与异性发生过如此亲密的行为，彼此都是第一次，而且，事发突然，没有思想准备，她事先也没有洗澡，换洗内衣内裤，因此，当她在我的劝说下，脱下内裤时，我隐约闻到了一股残留在她内裤上的尿骚气味。没关系！少男少女们一起初尝禁果时，谁还介意苹果是否洗过呢？但让最我感到意外的是，当我看到女友的私处时，竟然与我脑海里事先想象的完全不同。

在我很小的时候，我只见过穿开档裤小女孩的私处，是粉红色的，大小阴唇完全张开，尿道和阴道口裸露在外。可如今我女友私处的大小阴唇却是完全闭合的，呈深褐色。我当时就懵圈了，找不到阴道口在哪里，于是，我在她的私处试探了几下，因过度亢奋和紧张，精液全部射在了女友的外阴部，然后疲软下垂，再也没有勃起，全程不足一分钟。

这就是我和女友初尝禁果的真实经历。虽然以完败收场，但女友那少女特有的婀娜身姿和无瑕肌肤令我刻骨铭心，永生难忘。毕竟，我们都是对方的人生第一次，我想她的内心感受与我也是同样的。

说到与警察的麻烦，我可以告诉大家，在我中学时代一个大雨倾盆的日子，我冒雨骑自行车回家。半路上，遇到了一位中学同学，我便让他坐在我自行车后座，顺便送他一程。

在一个十字路口，我未发现红灯已亮，埋头飞快地穿过马路，不料被一位值班交警发现。他示意我们停下来，可我们却向他吐舌头，做鬼脸，一路扬长而去。

谁知到了下一个十字路口，另一位交警早已在那里守株待兔，恭候已久。他把我们截停在马路中央，当场抓了个现行。很显然，上一个路口的警察已经打电话通报了我俩的违规行为。

因此，我们被带到了交警大队的办公室，一同在那里接受一位年轻警官的询问。他一本正经地说，我们违犯了两条交通法规。第一是擅闯红灯，第二是骑自行车带人。然而，我佯装无辜，声称红灯是在我们穿越马路的半途中突然亮的。至于骑自行车带人，我慌称我的朋友当时肚子痛，我正带他去附近医院的急诊科就医。

显然，那位警官明知我在撒谎，但他什么也没说。可我的朋友一听到我编造的谎言，立刻皱起眉头，手捂肚子，做痛苦状。这个混蛋！他脸上的滑稽表情实在是太可笑了！我极力地克制住自己不要笑出声来。

过了一会儿，交警队长来了。他是一位戴眼镜的中年男子。听完年轻警官的口头汇报后，他平静地对年轻警官说："算了，让他们走吧。"然后，队长转过身来，严厉地对我们说："由于你们还是未成年人，我必须通知你们父母有关你们的违规行为。但是，从今往后，我不想在这里再次见到你们，明白吗？"

我顿时感到如释重负，向他深深地鞠了一躬。当我走出办公室时，回头向那位年轻警官又做了个鬼脸。他无奈地耸了耸肩膀，一笑了之。

后来，我才得知那位交警队长原来是秀梅的爸爸。那谁又是秀梅呢？她是我初中一年级的同班同学，也是我的初恋情人。我那时经常在学校花坛里偷偷采摘玫瑰花送给她，或是在雨天或下雪天护送她回家。

有一次，我刚偷偷采摘了一束玫瑰，打算送给秀梅，却发现一位新来的保安快步向我跑过来，拦住我的去路。他掏出了一个笔记本本，要求我把自己的名字写在上面。这对我来说太容易了，准备把我一位"损友"的名字写在上面。可是当我打开笔记本时，发现也不知哪个混蛋早已把我的名字写在了上面。

"真该死！这是谁干的？"我悄悄地骂了一声。

结果，我被惩罚每天放学后义务为学校花坛除草浇水两个星期。

而那位交警队长大概是从他女儿那里听说过我，知道我不过是个四肢发达，头脑简单的小混蛋，并没有什么恶意。

至于秀梅，坦率地讲，我从未触碰过她，也未与她上过床。我喜欢她纯粹是出于男孩对异性的好奇，仅此而已。如同乔治·萧伯纳曾经说过的那样："初恋就是少许愚蠢加上许多的好奇。"

不好意思，我又离题了。让我们再回到故事的主题。

一天中午，淑娟像往常一样给我送午餐来了。她看着我狼吞虎咽地吃掉饭盒里的饭菜，我那狼狈的吃相和不良餐桌礼仪着实让她忍俊不禁。

"你想喝一杯茶吗？"她笑着问道。

"谢谢，一杯白开水就行了。"我一面回答，一面用我唯一能够自由活动的左手擦拭着自己的嘴唇。

淑娟为我倒了一杯温水后，走进盥洗室取来一条湿毛巾。她小心地为我擦拭唇部和油污的手背。她轻柔的手指无意间触碰到我的唇部和脸颊。我不由脸红了……

"你想睡午觉吗？"她漫不经心地问。

"也许吧。"我回答。

于是，她开始帮我铺床，为我午睡做准备。随后，她又来到我身旁，帮我脱下外衣和裤子。就像一位年轻母亲面对自己的孩子一样，我被她脱得只剩下内衣内裤，乖乖地钻进被窝。我很想尽快入睡，但怎么也睡不着。因为，这次淑娟并没有像往常一样悄然离去，而是在我的床边坐下来，从床头柜上拿起一本杂志，随意地翻阅

50

着。当她发现我在床上辗转反侧，无法入睡时，她的目光转向了我。

"你睡不着吗？"她问道。

我躺在床上，摇摇头。可心里却想，"有你这样的漂亮女性坐在我床边，我怎么可能睡得着啊？"

"那么，你在想什么呢？"她眼睛直盯着我问。

"没想什么。"我心里有点紧张。

"你需要帮忙吗？"她继续问。

"我……我不知道，"我支支吾吾地说，心想她可能会给我读一段故事或童话什么的。

可是，她站起身来，背对着我，开始默默地脱下衣服，一件接着一件，然后又散开她的一头秀发，任其洒落在她细嫩柔滑的双肩上。

当她转身向我走来时，身上仅剩下胸罩和内裤。我不由倒吸了一口冷气，心都快要跳出来了。她的身体真是太美了！一位二十一岁女孩的婀娜身姿，充满了性感魅力。

她在我身旁静静地躺下来，然后转过身来，用双臂搂住我的身体，在我的脸颊上轻轻吻了一下。随后，她伸出一只手抚摸我的腹部。她的手温暖而又柔软，微微有些颤抖。接着，我感到她的手开始慢慢向下移动，一直伸到我的内裤里。当她的手指触碰到我的私处时，哇！我感到我的肾上腺素瞬间飙升，立刻就勃起了。我的呼吸急促，胸部不停地起伏，心砰砰直跳……

淑娟似乎也兴奋起来。她坐起身来，帮我慢慢脱下内裤，然后是她自己的内裤。我有生以来第一次看到她两条细嫩的大腿以及她两腿之间的迷人私处。我感觉全身血液都凝固了，脑袋"轰"地一声炸了。

由于我的右臂骨折，身体在床上行动不便。所以，淑娟坐起身来，骑在我身上，然后伸出一只手来，小心翼翼地引导我……

在她手指的轻柔触摸下，我非常亢奋，不禁腰部向上一挺，我的爱之肌进入了她的下体。

"啊！"淑娟不由倒吸了一口凉气，本能地叫出声来。

"小混蛋，你把我弄疼了！"她嗔怒地抱怨着，用手轻轻地打了一下我一下。

"哦，真对不起！"我慌忙道歉，同时，感到我的右手臂一阵钝痛。她恰好打在了我骨折的那只手臂上。

等她的疼感渐渐消退后，淑娟慢慢躺下，又将我抱在怀里。我把脸贴在她的胸前，悄然无声，再也不敢乱动。

"郝京，你不觉得我们两人现在是世界上最幸福的人吗？"淑娟一面轻声地问我，一面用手温柔地抚摩着我的头发。

"是的，"我轻声回答，心想："苹果最辉煌的时刻是掉在了牛顿先生的头上，而我最幸福的时刻就是躺在美丽优雅，且善解人意的淑娟怀里，就像一个被虫蛀的苹果诱惑了伊甸园里的夏娃。"

然后，淑娟柔声地说："我知道你是个小混蛋，但我仍然喜欢你。"

听到此话，我内心感到有些不安。有一位女士曾经在互联网上宣称："凡是对待女人不好的男人，他们死后注定会变成女人的卫生巾。"我希望这不是真的。

渐渐地，我进入了梦乡。当我一觉醒来时，才发现已经是下午六点钟。

"嗨，亲爱的，快点起来！"我焦急地对淑娟说。

"我老爸随时都可能回来。如果让他看到我和你睡在一起，他非杀了我不可。"

"别担心，你这小傻瓜！他今天早上有事出差了，大概要很晚才能回来。"淑娟平静地说。

"哦，谢天谢地！"我长舒了一口气，然后又倒头睡了。

当我再次醒来时，淑娟已经准备好晚餐。她穿着我的体恤衫坐在床边，像个保姆一样，一勺一勺地喂我进餐……

这不由使我想起两年前，我去泰国看望我姑妈时，在曼谷一家名为"无手餐厅"的著名餐馆里就餐的经历。

那一次，比我大两岁的堂兄请我去那里吃晚餐。在那家餐馆里，顾客们不必劳神用自己的双手用餐。为什么？让我详细地告诉各位。

在曼谷的"无手餐厅"就餐时，你可以四肢摊开，半躺在一张"榻榻米"之上，挑选一位年轻女侍者服伺你进餐。如果你很富有，你可以雇佣两位、三位，甚至四位年轻美貌的女侍者。其中的一位伺候你进餐，另一位则伺候你喝茶饮酒。那么另外两位女侍者做什么呢？当然是泰式按摩啦！其中一位按摩你的左半身，另一位则按摩你的右半身。你可以像个国王一样，懒洋洋地仰卧在"榻榻米"上。一群女孩子围在你身边，从头到脚地伺候你。如果顾客是女性的话，她们可以挑选年轻英俊的男侍者，悉心地照料她们。

我堂兄和我并不富有。所以我们每人只雇佣了两位女侍者。那顿晚餐真是太棒了！我感觉自己像个帝王一样。所以我吃了很多。等吃完晚餐后，我们才发现随身携带的现金不够，无法支付账单，主要是我因为那愚蠢的大胃口。于是，我堂兄把我留在那里当做人质。他匆忙赶回家去取钱。

在等待我堂兄的时侯，我去了一趟洗手间。当我站在立式小便池前，准备解开裤带时，一位表情冷漠的男侍者走到我身后，面无表情地帮我解开裤子。然后，令我感到惊讶的是，他的一只手竟然伸进我的内裤，帮忙掏出了我的……

天啊！我当时紧张得竟然无法正常小便。我心想："如果是一只女孩子的手，柔软而细嫩，我大概也不至于如此！"

无论如何，当我堂兄返回餐馆，支付了账单后。我们搭乘出租车逃之夭夭。

"你喜欢今天的晚餐吗？"我堂兄在返程的路上问我。

"除了洗手间里的男侍者外，我喜欢那里的一切。"我回答说。

我们互相交换了一下眼神，然后，哈哈大笑。

"然而，相比'无手餐厅'里的泰国女侍者们，淑娟则美丽性感多了。"我心里想。

第二天是星期日。淑娟没有来。夜晚，我在床上翻来覆去难以入睡。下个星期一的中午，淑娟再次送来午餐。她看起来非常平静，似乎我俩之间什么也没发生过。

又过了一个星期，我父亲再次因公出差。淑娟又来到我家中，整晚与我缠绵在一起。她的善解人意和体贴入微给我留下了深刻印象。与她在一起，我感觉自己就像是这个世界上最幸运的混蛋。可是，在那天晚上的性爱高潮中，我那该死的手臂不幸再次受伤。

第十一节　校园趣事

到了二月中旬，寒假终于结束了。当我返回学校时，珊珊满面笑容地站在学校门口，迎接我的归来。她一见到我，立刻跑上来扑到我怀里。我感到手臂一阵钻心的疼痛，但我并不介意。由于我内心强烈的愧疚感，我反而觉得这样会更好受些。当我上楼时，不慎摔了一跤，跌倒在楼梯上。

"这是最好的惩罚。"我心里想。

"亲爱的。你怎么了？"珊珊担忧地问："你总是说你头脑简单，但四肢发达。可是，瞧你现在，连你的身体也出了毛病。

"是啊，"我心里想："与我愚蠢的脑袋相比，我的身体，或者更准确地说，我身体里那可恶的荷尔蒙总是站据上风。这才是我生命中的诅咒。"

傍晚，珊珊和我又来到了半年前我们初次约会的地方，她把头依偎靠在我肩膀上，与我分享了许多发生在她家乡的趣闻。不时地，她抬起头来吻我一下。这一次，我用心地听着，听明白了她所讲的一切。我一只手臂搂着她柔软的腰部，另一只手臂动弹不得，因为骨折尚未痊愈。所以，每当珊珊告诉我一些有趣的事情，我会开怀地大笑。

第二天上午，我们有两节英语课。英语老师要求班上的一名女生用英语表达她有什么个人爱好。于是她站起身来，开始用英语讲述："我非常喜爱花生，也经常吃花生。"

大概是度过了一个开心的假期，她似乎忘记了英语单词"花生"复数（peanuts）的正确发音，听起来酷似英语单词"男人阳具"（penis）的读音。所以，她的英语陈述听起来好像是，"我非常喜爱男人的阳具……"

教室里个别男生忍不住偷笑。这位女生环顾四周，不知其原因，深感困惑。

随后，英语老师又要求一位男生用英语给大家讲述一个故事。这时，我的室友"阿里巴巴"举起手来，自告奋勇地站起身。等他讲完故事，老师说："讲得很好，请坐下。"

只听到"扑通"一声。我们大家立刻扭头看究竟了什么，发现"阿里巴巴"已重重地摔倒在地板上，消失在课桌后面。原来，不知哪位同学趁他站起来时，悄悄地将他身后的坐椅移开了。全班同学顿时爆笑，老师也忍不住笑了。"佐罗"就坐在"阿里巴巴"的旁边，他笑得最开心。很显然，他就是这场恶作剧的始作俑者。

下午课后，我与室友们一起去商场购买日常用品。我们一群同学站在公交车内。我的室友之一"名花"正眉飞色舞地与我大声交谈，可车外的噪音太嘈杂，我脸上除了溅满他的吐沫星之外，我根本未听清他到底在说什么。过了一会儿，坐在我们旁边的一位乘客抬起手来，擦了擦他那闪亮的秃顶。

"请你不要向我头上吐口水，好吗？"他一脸恼怒地向"名花"提出抗议。

在我们到达市中心之前，也不知是谁在公交车内放了一个闷屁，多数乘客们只能用手捂着鼻子，另一些则用手在鼻子下方不停地扇动，驱散难闻的气味。我的室友"公爵"那天刚好拉肚子，于是我们都不约而同地指责是他干的，他无可奈何地摇头苦笑。我记得，网上有人曾经说过："永远不要在腹泻状态下尝试放屁，否则，就像玩俄罗斯轮盘赌一样，非常危险，而且后果不堪设想。"

公交车到站后，我们纷纷下车，随后走进了一家大型百货公司。我在一个柜台前停下脚步，看到柜台内摆放着各种各样的手帕，我心想："我应该给珊珊买几张手帕，因为她至少为我而弄脏了她两张雪白的手帕。"就在此时，我的另一位室友，"甜面酱"跑过来。

"嗨，郝京，那边的糕点饼干柜台后有一位年轻女售货员。她长的太漂亮了，绝对是个大美人！"他气喘吁吁地对我说。

"你这下流的家伙！我认为你应该常来这里买些饼干或糕点之类的东西。"我戳了戳他的肋骨说，希望今后在宿舍里能有一些免费点心，以缓解我青春期的饥饿感。

在返程途中，我们恰好站在公交车司机的背后。"甜面酱"，就是那位刚刚被丘比特之箭射中的那位可怜室友，他静静地站在我身旁一言不发，大概在脑海里回忆着百货公司里那位年轻女售货员的漂亮脸蛋儿……

突然间，我们听到公交车司机开始低声咒骂。随后，他把车缓缓地停在路边，从工具箱里拿出一把钢丝刷子，奋力地刷着自己的鞋底，随后又开始刷驾驶座下的油门踏板。我们都非常好奇，看看到底发生了什么？噢，天啊！原来这位司机在上公交车前，踩到了一块不知谁吐在地上的口香糖。现在，他正在努力地清除它，但这谈何容易！于是，我们纷纷跳下公交车，步行返回学校。

当我们路过一家医院时，我的室友"公爵"，看到一位面色苍白的中年男人站在路边，身穿一套带蓝色条纹的病号服。

"请过来一下！"那人向"公爵"招手说，脸上带着一丝诡异的微笑。

"公爵"好奇地走上前去，向那人问："有什么事吗？"

那人清了清嗓子，突然向"公爵"脸上啐了一口黄绿色浓痰。然后他转过身去，像一个快乐的孩子一样，连蹦带跳地跑进了医院大门。可怜的"公爵"站在原地，目瞪口呆地望着那人逐渐消失的背影。此时，我沮丧地看到大门上挂着一块牌子，上面写着"XX 市精神病医院"。

"天啊！"我心里想："他是如何从这所医院的大门里溜出来的？"

回到校园时，我们恰好路过食堂，当时已是晚餐时间。于是我先去食堂排队，其他室友们则返回寝室去取各自的餐具，顺便把我的餐具也带来。

学生食堂里拥挤嘈杂，挤满了学生。我静静地站在排队等候的人群中，突然一位陌生面孔的男生走上前来插队。很显然，他是个走读生。于是我走上前去，拍了拍他的肩膀。

"你好！年轻人，请你排队好吗？"我客气地对他说。

他转过身来，用力推了我一下。"你少管闲事。"他大声地说。

此时，"佐罗"刚好赶到，看到所发生的一切。他马上冲上前来，把我挡在身后。可是，那位走读生又推了"佐罗"一下。"佐罗"顿时火冒三丈，情绪失控。他一记重拳打在了那位走读生的太阳穴上。走读生的额头瞬间肿起来，像个小馒头。我的其他室友也陆续赶到。"甜面酱"迅速冲上来，一脚踢在那位走读生的屁股上。

其他室友则像一群饿狼似地一拥而上。哦，上帝啊！太恐怖了！那个可怜的家伙转眼间被打得鼻青脸肿，躺倒在地上。等他慢慢爬起来时，已无法辨认到底是谁打了他，但惟独记得，在这场群殴之前，"佐罗"打在他额头上的那一记重拳。

本来，学生们之间打架，如果无人受伤，也不是什么大不了的事情。但是，如果一位走读生遭到像畜生一般的殴打，那绝对是不可接受的。"佐罗"似乎并未意识到问题的严重性。

第二天，系领导对这场发生在学生食堂的群殴事件展开了严肃调查。"佐罗"被认定是主要责任人，本应被通报批评。但由于他是一位革命前辈的后代，用现在的话讲，就是"红二代"，因此，罪加一等，被处以记过处分。

"佐罗"对此感到愤愤不平。他在操场上踱来踱去，狠狠地用脚踢着石子或空罐头盒之类的东西，以发泄不满。最终他决定到校长家中去申诉此事。

在拜访校长之前，我们在宿舍里密谋良久，并做出出了一个周密计划。

砰砰砰！"公爵"站在校长家门口，轻轻叩门。过了一会儿，一位模样俊俏的女中学生开了门。

"晚上好！请问你们找谁？"年轻女孩问。

"我们找校长，他在家吗？""佐罗"问道。

"爸爸，有人找你？"女孩回头向房内大声说。

"欢迎，请进！"一个男人的洪亮嗓音从室内传出。

于是，俊俏女孩侧身站在门边，让我们一行人鱼贯而入。

在一个宽敞的客厅内，校长正在与他的家人一起包饺子。他大约六十岁左右，身材高大，一头银发，看起来精神矍铄，和蔼可亲。

"孩子们，你们吃过晚饭了吗？如果没有，我们一起吃饺子，好吗？"老校长邀请我们与他家人一起共进晚餐。

"好啊!""佐罗"爽快地答应了。

于是，我们纷纷去厨房洗手，然后，回来帮助他们家人包饺子。"公爵"站在校长的小女儿身旁，帮助她擀饺子皮。"阿里巴巴"帮助校长夫人拌饺子馅。"佐罗"则选择干体力活，例如，和面。其他人则帮忙煮饺子，或准备佐料之类的杂事。

由于我的手臂骨折，帮不上什么忙。我环顾四周，发现一位可爱的小女孩正坐在在客厅沙发上喝酸奶，于是我走上前去。

"你好！我叫郝京。很高兴认识你。"我客气地与她寒暄，并向她伸出我未受伤的左手。

"我叫艾比，我也很高兴认识你!"她回答说，脸上洋溢着甜蜜的笑容。

然后，我们互相握手。她胖呼呼的小手瞬间消失在我的大手掌中。

"你今年几岁了？"我问。

"五岁。"她用清脆的儿童嗓音回答。

"你今天在幼儿园学习了什么啊？"我又问。

"算术。"她回答道。

"那好，让我来考考你。二加三等于几？"

她伸出一只胖胖的小手，数着自己的手指头。

"等于五？"她大声回答。

"那五加五等于几？"我接着又问。

于是，她又伸出了另一只小手，只听"砰"的一声，她手中的酸奶掉在了地板上。

"真糟糕!"我心里想，于是，不得不站起身来，帮忙打扫弄脏的地板。

这时，她妈妈，即我们校长的儿媳，走上前来，带小女孩走进卫生间，帮小女孩清洗溅落在她那双儿童皮鞋上的酸奶残迹。

没过多久，晚餐就准备好了，热腾腾的饺子被端上餐桌。我们纷纷坐下来就餐。席间，"公爵"坐在校长的小女儿旁边。"佐罗"则坐在了校长身旁。这两个家伙一唱一和，互相配合。尽力讨好校长和他可爱的小千金。而我则坐在校长夫人身旁，讨论她喜爱的体育话题。其他室友则努力配合我们，边吃边聊，顺便也做一些餐桌服务工作。

饺子非常可口，我们的谈话也非常轻松愉快。

等晚餐结束后，老校长便直截了当地问："孩子们，有什么事吗？我是否可以帮到你们？"

于是，"佐罗"开始抱怨系领导给予他过于严厉的处罚。其他人则站起身来，去厨房洗碗或帮忙做其它的清洁工作。当我们结束厨房的清洁工作时，我们听到了校长在客厅里大声说话的声音。

"这不过是年轻学生之间一次普通的打架而已，与你的家庭背景有什么关系？我不希望他们将此事做过分解读，无限上纲上线。"

我们通过半开的厨房门，看到校长在客厅里激动地挥舞着手臂。

"我明天一早就给你们系里打电话。"校长说。

"校长，谢谢您！""佐罗"感激地说："感谢您的关心和谅解。"

听到这儿，我们意识到是时候离开了。

几分钟后，我们与校长和他的夫人告别，却发现"公爵"与校长的小女儿谈得非常投机，正在互相交换电话号码。于是，我们率先离开了。

十分钟后，"公爵"气喘吁吁地追了上来。

"喂，你这下流胚，请别把事情搞砸了，好吗？""佐罗"抱怨道。

"嗨，别误会，我在帮你。校长千金已经答应帮我们求情，并随时与我保持联系。""公爵"匆忙解释。

于是，每天下午五点，"公爵"便在男生宿舍楼的门卫室里等待校长女儿的电话。三天之后，好消息传来。我们只需要支付那位走读生的个人医疗费用，以及赠送一个礼品果篮以表示歉意，仅此而已。

这似乎是一个公平的决定。我和我的室友们都非常高兴。"公爵"邀请校长的女儿参加星期六晚上在校园内举办的一个学生舞会。他还特意买了一盒巧克力送给她。

然而，就像英国女作家佛吉尼亚·伍尔芙曾经说过的那样："出来找乐子的男人，碰上用情太深的女人，犹如钓鱼钓到了白鲸。"可是，"公爵"这次钓到的不是白鲸，而是一条"小鲶（黏）鱼"。

这位花季少女要的不仅仅是一盒巧克力，而是"公爵"的心。她喜欢上了高大英俊的"公爵"。于是每天放学后，她就给"公爵"打电话。如果"公爵"不接电话，她就直接到宿舍来找他。如果"公爵"不在宿舍，她就去教室或校园其它地方去寻找他。

这样的猫鼠游戏持续了近半个月，最终，可怜的"公爵"不得不举手投降，成了她的爱情俘虏。从此，这位任性的女中学生每天与"公爵"黏在一起，包括周末。"公爵"时常与她发生争执，而任性的小女孩则以粉拳予以回敬。但每次争吵之后，他们很快就会忘记，和好如初。他们彼此相爱，但那是一种不同的爱，是一种吵吵闹闹的爱。

第十二节　"爱情是两朵鲜花之间微妙的芳香"

由于我的手臂骨折，尚未痊愈。教练们给了我一个月病假，不用参加日常的体育训练。所以，我有了更多的时间与珊珊在一起。

在一个星期日的上午，珊珊邀请我去附近的一个公园观看杜鹃花展。我们来到公园内的一处山坡上，红色、粉色和白色的杜鹃花，花团锦簇，争奇斗艳。整个山坡变得五彩缤纷，成了一片花的海洋。游客们为绚丽多彩的杜鹃花所陶醉，久久不愿离去……

我对鲜花最初记忆是在我童年时期，我家窗台上有一盆盛开的胭脂红色海棠花。但有关花的最深记忆，则是一种常在夜间开放的白色花朵。我记得在一个漆黑的夜晚，我早已熟睡。父母把我唤醒，带着我去楼上邻居家观看一盆非常特殊的鲜花。邻居家的客厅里挤满了人，大家排队等待，争相观看一盆摆放在室内桌子上的鲜花。一位老者，他显然是花的主人，端坐在桌旁守护着这盆鲜花。令人感到奇怪的是，几朵美丽的白色花朵静静地在绿叶上绽放，而不是在花茎上。许多年后，我才知道那盆盛开的白色花朵就是昙花。那是我有生以来第一次，恐怕也是最后一次，有幸观赏到"昙花一现"。

人们喜爱鲜花，因为它们代表了大自然光明美好的一面。人们种花，赏花，赞美花的美丽。顺便提一下，我最近才得知，花朵实际上是所有植物的生殖器官。

"难怪鲜花如此美丽，并具有迷人的诱惑力，"我心里想："对我来说，没有任何鲜花能比珊珊的花朵更加美丽，虽然我从未见过它。"

看着珊珊可爱的侧面轮廓，我开始想象她的花朵会是什么样子……

此时，珊珊转过身来，看到我若有所思的样子。

"嗨，亲爱的，你在想什么哪？"她问道。

"没……没想什么。"我心不在焉地支吾着。

于是，她伸出手来，挽着我的左臂，我们一起走向附近的一个游乐场。那里有鬼屋、旋转木马、碰碰车、海盗船以及小火车，当然还有许多快乐的孩子们和陪伴他们的家长。

无意之中，我们来到一个射箭练习场。尽管我的右臂依然有些隐隐作痛，但我还是想碰碰运气。于是我取下了一副弓箭，然后直立，瞄准，拉弓，放箭。箭杆迅速飞向前方大约七十米处并排矗立的三个箭靶。出乎我的预料，它竟然奇迹般地射中了中间那个箭靶的靶心。珊珊几乎不敢相信她的双眼，激动得尖叫起来。

"太棒了！郝京，你过去从未向我透露过，你还是一名神箭手，对吗？"

"是的，我没有。"我顽皮地向她眨了眨眼。

等我拿到了奖品，一瓶香槟酒，我在她耳边轻声说："这纯属侥幸，由于我倒霉的手臂，我瞄准的是左边那个箭靶，但却射中了中间那个箭靶的靶心。"

珊珊听后不由一怔，随后笑倒在我的怀里，而那瓶香槟酒不慎从她手中滑落，"砰"地一声摔碎在地上。

又是一个星期日的早上，珊珊邀请我去郊游。我们骑自行车前往西郊山区。当时正是早春时节，我们沿着公路在山谷中蜿蜒骑行。淡黄色的报春花在路旁的灌木丛中绽放，色彩斑斓的蝴蝶翩翩起舞，像微风中的花朵在灌木丛中跳跃，闪烁。

大地回春，万物复苏，早春的郊外宛若童话世界一般令人心悦神怡。

我们骑车经过一个小山村，珊珊欣喜地发现路边有一片桃花盛开的桃树林。她停下来，走到桃树下，静静地站在那里，凝视着树上绽放的艳丽花朵。在早春的阳光下，桃花映衬着她粉红色的脸颊。哇！这张肖像犹如一幅美丽的水彩画永远地镌刻在我的心中……

春天是美好的季节。珊珊就像一朵春天的蓓蕾，在初春的阳光下含苞欲放，而我则像一匹欢快的小马驹，在绿茵草地上尽情地撒欢嬉戏。

不久，初夏来临。惊喜往往在你最不经意的时刻出现。在一个星期一的下午，淑娟奇迹般地出现在我面前。

"我因公出差，路过这里，所以顺便来看看你。"她一边说，一边调皮地向我眨了眨眼。

那是一个阳光明媚的下午，我的心情也和天气一样，充满了温暖与喜悦。在一家湖畔餐厅共进晚餐后，淑娟和我一起在湖边漫步。一湖碧水沐浴在晚霞中，四周静悄悄的。突然间，淑娟转身走向水边。

"我想在湖里游泳，你想和我一起游吗？"她问。

说罢，她扭动着身体，脱下上衣和裙子，踢掉高跟鞋，仅剩下胸罩和内裤。然后，她张开双臂，缓缓地赤脚走向水边。

我站在一旁，看得目瞪口呆。她的身体曲线优美，性感撩人，好像是一只在湖边跃跃欲飞的白天鹅。当水至齐腰深时，她纵身跃入水中，开始在湖中畅游。过了一会，她向我招手。

"快来，我们一起游。"她向我喊道。

"好的，等一下。"我大声回答。

我迅速甩掉衣服，踉跄地冲入水中，然后水花四溅地游向淑娟。

我们在湖中嬉戏打闹，扭成一团。然后，两人站在齐胸深的水中不停地喘气。淑娟用双臂搂在我的颈部，我们两人的身体在水流中时而触碰，时而又分离。我用一只手臂抱紧她的腰部，另一只手在她丝滑的后背笨拙地摸索着。淑娟会心地一笑，伸手解开自己的胸罩。她那丰满的双乳瞬间像瀑布般地喷涌而出。她的乳峰在清凉的水中，触摸起来就像果冻一般的柔软、滑嫩而又富有弹性。在我手指的触碰下，她的两只乳头逐渐胀大，坚挺……

微风轻抚，细浪拍打着我们的身体。天边的晚霞像一团火焰在燃烧，淑娟与我紧紧地拥抱在一起。

湖中裸泳后，淑娟带我回到她下榻的酒店，并邀请我留下来与她一起同宿，我欣然同意。

一进入房间，淑娟就说："请吻我一下。"我按照她的吩咐做了。随后我们在卫生间里简单地清洗一下各自的身体，然后双双倒卧在床上。我们之间的第一次性爱狂野而奔放。当我进入淑娟的身体时，我感到她兴奋地全身不停颤抖。她呻吟着，不停地大口喘气，没过多久，她的高潮就来了，我的几乎也同时到来。

经过短暂休息之后，我们又开始了第二轮。这一次持久而充满激情。与大多数女性不同，淑娟可以连续有数次高潮。我可以感到她大腿间不停地抽搐，温暖的爱之隧道不断收紧，高潮连绵不断。最后一次高潮过后，淑娟瘫倒在床上，我们一同进入了梦乡……

第二天清晨，当我醒来时，淑娟轻轻地吻了一下我的脸颊。于是，我们又开始了新一轮的男女之欢。经历了一阵销魂的疯狂之后，淑娟突然抱紧我。我感到她的身体紧绷，呼吸急促，她的高潮再次来临。在她高潮的诱发下，我感到自己的爱之肌一阵酥麻，这种酥麻感沿着身体一路飙升，最后在我的头顶炸开。

淑娟比我年长五岁，她不像珊珊，仍处在青春期中，还是一朵含苞欲放的花蕾。淑娟像一朵怒放的玫瑰。她有着火热的激情和强烈欲望。虽然，淑娟与我有许多不同之处，但在床上我们却是天设地造的一对，浑然天成，亲密无间。

晨浴后，淑娟叫了客房送餐服务。她再次体贴地喂我吃早餐，但这一次她什么也没穿，赤身裸体，一丝不挂。她性感的身体，尤其是那对撩人的乳房，不停在我眼前晃动，又勾起了我难以抑制的欲望。我匆忙吃完早餐，然后迫不及待地把淑娟抱上床，我们又开始了新的一轮，也是最后一轮云雨之欢。

分别几个月后，我们都想尽情地享受对方的身体，释放体内酝酿已久的情欲。她尖叫着，我呻吟着。经过一轮持久而疯狂的激情放纵，我们共同进入了消魂忘我的涅槃境界……

下午，在返回学校的路上，我恰好路过一个摆在街边的食品摊位。一位矮胖敦实，留着小胡子的摊贩正在兜售他的"叫花鸡"。经过讨价还价，我购买了两只由他精心挑选，又肥又大的"叫花鸡"。我希望这两只"叫花鸡"能够封住我室友们的嘴巴，让他们保持沉默。

然而，这似乎已经太迟了。我神秘地了失踪一个夜晚，这使我的室友们非常担忧。不过他们以为我可能是与珊珊一起在外面过夜。可是到了第二天上午，他们发现我没来上课。他们真地开始担心了，便向珊珊打探我的行踪，珊珊告诉他们说，我昨晚并未与她在一起。

等我回到宿舍时，我不得不面对室友们的一场严苛的盘问。他们怀疑我另有恋人，严肃地批评我爱情不专一。整个下午，宿舍内无人理睬我这个不得人心的"花花公子"或者用现在的话讲，叫"渣男"。

可我的麻烦并未就此结束。晚餐前，我突然想起那两只"叫花鸡"。为了缓和与室友们的紧张关系，我设法打开那两个沉重的泥巴团，一层又一层，可最终发现，里面根本没有什么"叫花鸡"，而是两块实心的泥巴团。这该死的商贩，他竟然欺骗了我！我本应察觉到一些蛛丝马迹。在接下来的几天里，我像个傻瓜一样，沦为室友们的笑柄。

星期日傍晚，我与珊珊再次约会，她丝毫未提及我失踪的事情。面对她那张天真无邪的面孔，我无法再次对她撒谎，决定向她坦白一切。但是，珊珊却用手指压在我的嘴唇上。

"请别说了，一切都已过去，无论发生了什么事情，我都依然爱你。"她含着眼泪说。

听到这些，我不由眼泪夺眶而出。珊珊是如此地宽容，内心充满了善良与关爱。此时此刻，我才真正意识到，在这个世界上，男人最宝贵的财富，就是拥有一个女人的心。

一个星期后，我邀请珊珊去市区的一家舞厅跳舞。她对我颇有长进的舞技大为惊叹。

"嗨，你这家伙！从哪儿学会的这般舞艺？在你的臂膀里，我感觉像在云中漫步。"她高兴地与我开玩笑说，时不时地还吻我一下。

我的良心再次感到刺痛。我低声说："我也如此，感觉就像是与天使一起，在空中自由翱翔。"

听到这些，珊珊把头依偎在我的肩膀上，她的额头贴着我的面颊。我们随着优美的音乐在舞厅中漫步。我们手挽着手，心贴着心，就像伊甸园里的夏娃和亚当……

中国已故诗人顾城曾经在他的《哲学沉思录》中写道："西方爱情是怒放的花朵，东方爱情是两朵鲜花之间微妙的芳香。"

如果淑娟的情感有点像西方充满激情的火热爱情，那么珊珊的东方式爱情则像是散发在两朵鲜花之间的淡雅幽香。她像是一朵洁白的兰花，而我却是一株丑陋的灯芯草。她的心灵之美和纯洁爱情滋润了我的内心，也升华了我的灵魂。

俗话说："爱生爱"。我觉得我已经爱上了珊珊，从她身上我感觉到一种沁人心扉的芳香，那是来自天使的气息，来自天国的芬芳。

第十三节　回忆我的哥哥和他的女友

　　一个月后，我二哥出国去日本考察，顺道来看望我。他在学校附近的一家酒店宴请珊珊和我。席间，珊珊善良甜美的个性给他留下了深刻印象。餐后他小声在我耳边说："珊珊是个好姑娘，你一定要善待她，否则，我饶不了你!"

　　我哥哥原在湖北省十堰市的中国第二汽车制造厂技术中心工作，是一名高级化学工程师。在 1990s 年代末，他和一群同学与好友共同在北京创立一家民营企业，经过一番努力，目前已初具规模。

　　他比我年长十二岁。我们从小一起长大。在他读大学之前，我们同住在一个房间里。我童年时代有关他最初的记忆，就是每天晚上睡觉之前，他给我讲一段《西游记》的故事，作为交换，我与他分享自己的一部分糖果和饼干之类的零食，以缓解他青春期的饥饿。

　　其它关于我哥哥的早期记忆，是他有一次出于好奇，尝试学抽烟。我记得，在一天下午放学后，他躺在卧室的床上，悠闲地点燃一支香烟。过了一会儿，正当他打算把夹在手指间的香烟送入口中时，突然像电影中的定格一样，停在了半空中。我注意到卧室的房门被推开了，我父亲意外地站在门口。那天下午他碰巧提前下班回家。因此我哥哥私下偷偷抽烟被当场发现，人赃俱获。我父亲非常生气，惩罚他每天晚饭后为全家清洗碗碟一个月。

　　然而，我童年时期有关他最深刻的记忆却是他参加高考后的一个下午，他焦急地等待大学录取通知书。那天下午，我哥哥和他的伙伴们站在院子的大门口，如同热锅里的蚂蚁。不巧，那天下午，邮递员叔叔迟到了。等到我哥哥盼星星盼月亮，终于等来了他的通知书时，已经是下午五点多钟了。他迫不及待地打开信封，取出里面的通知书，神情紧张地阅读其内容。

突然间，他高兴地跳了起来，然后，双手捧着那张大学录取通知书，笑容满面地跑回家去了。作为一名学龄前儿童，我当时对他的这种怪异行为深感不解。不知道他为什么如此高兴。直至许多年后，我才明白，原来那张入学通知书来自北京清华大学——中国最著名的大学之一。

消息迅速传开，祝贺和赞美之词纷至沓来。我哥哥为家庭赢得了荣耀。我父母非常高兴。在他入学前，我父亲特意为他买了一只上海牌手表和一辆永久牌自行车作为奖励。这整整花费了我父亲近两个月工资。

数年之后，我父亲因工作需要调离北京，前往华中地区的一个大型矿区工作。一年之后，我母亲和我也随迁到那里。在南下的火车上，我怀念在北京的哥哥和姐姐们，同时也憧憬着矿区的新生活。

迁居矿区一年后，我回北京过暑假。我母亲也与我同行，顺便探望她北京的老邻居和老朋友们。在暑假期间，母亲为我买了一辆天津生产的飞鸽牌自行车。我高兴得不亦乐乎。

为了学骑自行车，我的双膝和双肘付出了惨重代价，可谓是伤痕累累。由于我那时还不满十岁，假如我坐在自行车座上，我的脚尖根本够不到脚踏板，于是，我只好一条腿斜跨在自行车的横梁上学骑自行车。等我学会之后，我觉得自己身上似乎长出了一对无形翅膀，偌大的北京城似乎瞬间变小了许多。

一天下午，我突发奇想，觉得我应该去位于北京西郊的清华大学去拜访我哥哥。是啊，为什么不呢？当时才下午两点钟，离天黑还早着哪！

于是，半小时之后，我已经一路向西，骑行在北京的长安街上。风掠过我的面颊，周围的建筑物飞快地消逝在我的身后，我当时感觉自己真的好像一只鸽子飞翔在北京长安街头。不久，天安门广场出现在我前方不远之处，我的额头渗出了汗水，于是我解开了上衣钮扣，衬衫后摆在我身后随风飘起，像一面迎风招展的旗帜。在西单十字路口，我调头向北，然后又继续向西骑行。

经过了无数次"对不起，请问清华大学怎么走？"的询问，我终于来到了一条通往清华园的便道上。我从未意识到清华大学的校园有如此之大。首先迎接我的是那座用汉白玉建造，镌刻有"清华园"三个烫金大字的著名牌坊。然后，我沿着校园内的柏油路，经过了一栋栋高大的教学楼和那座雄伟壮观的拱顶大礼堂。最后，我终于来到了我哥哥住宿的学生宿舍楼下。当我站在他宿舍门口时，他非常惊讶。

"唉呀！你是怎么到这里来的？"他好奇地问。

"骑自行车。"我回答。

"你说什么？"

"骑自行车。"我又重复了一遍。

他惊呆了，简直不敢相信自己的耳朵。直至他将脑袋探出窗外，看到我那辆崭新的飞鸽牌自行车静静地立在宿舍楼下的门口时，他才相信这是真的。

他先让我喝了一杯水，简单休息了一下，然后带我去学生食堂吃晚餐。

第二天上午，我哥哥带我去著名的北京颐和园游玩。

他几位要好的同学也与我们一同前往。在前往颐和园的途中，他的一位好友佯装精神失常，走路时手舞足蹈，表情怪异。最令人可笑的是，他几天前在宿舍里丢失了一只鞋。因此他不得不向其他同学借来一只穿在脚上。但两只鞋明显不是一对，因此，他穿着两只外形和颜色完全不同的胶鞋，怪摸怪样地行走在马路一侧的林荫道上，路边的行人感到非常好奇，纷纷驻足旁观。

许多年后，我才得知，那位滑稽搞笑的家伙竟然是1960s 年代末，中国文革时期北京清华大学的"红卫兵"造反派司令。在学校里，他手下有近万名"红卫兵"造反派听从他的指挥。也许当时他真的精神失常了。

在我年幼时，曾与我父母一同来到北京颐和园游览过一两次，可当我们再次泛舟在风光秀丽的昆明湖上时，它如诗如画的风景仍然使我惊叹不已。我感到自己的内心被大自然深情地亲吻。放眼望去，秀丽的昆明湖、雄伟的万寿山、白玉般的十七孔桥，以及远处的依稀可见的长堤和优美婉约的玉带桥沐浴在灿烂阳光下，就像是一幅绚丽夺目的中国古代山水风景画。

从那以后，每逢我有机会回到北京，总会重访北京颐和园，尤其是在夏日的清晨，园内寂静无声，游人寥寥无几。我沿着湖边漫步，聆听树上的鸟儿婉转啼鸣。风光秀美的北京颐和园犹如人间仙境，令人流连忘返。

然而，好事往往成双。正当我们在碧波荡漾的湖面划桨泛舟时，湖中一条大鱼因受到惊吓而撞到我们的船底。它挣扎着跳出水面，水花四溅地跌落在我们的小船中。我顿时手忙脚乱，不知所措。幸好我哥哥眼疾手快，冲上去，用手紧紧地抓住那条奋力挣扎的大鲢鱼。其他人也过来帮忙。小船剧烈地摇摆。我因身体失去平衡，不慎跌入水中。等他们把我从水中捞出来时，我看上去惨不忍睹，如同一只懊丧的落汤鸡。

傍晚，在返程的路上，我第一次见到我哥哥的女友。她身材高挑，皮肤白皙，正骑着自行车返回学校。我哥哥邀请她与我们一起共进晚餐，她欣然同意。

在学校附近的一家餐馆内，我们捉到的那条大鲢鱼被厨师悉心烹制，端上餐桌。我哥哥买了一瓶葡萄酒。我们一边饮酒，一边品尝着大自然慷慨馈赠给我们的昆明湖鱼，席间谈笑甚欢。

顺便聊一下我哥哥的女友。她是我哥哥的大学校友，是一名"红二代"，即老一代革命者的后代。

有一次，在她读小学的时候。教室内一片寂静，小学生们认真聆听语文老师讲授课文《刘胡兰的故事》。该故事讲述的是 1940s 年代国内解放战争时期，一位年仅十六岁的女英雄英勇就义的感人事迹。已故的毛泽东主席曾亲自为她题词："生的伟大，死的光荣！"她的故事被选入当时的小学生语文课本。

然而，当老师在课堂上认真讲解课文时，一位羞涩的小女孩举手发言，指出了老师授课中的几处错误。老师感到非常吃惊。

"你怎么知道我讲地不对？"老师好奇地问。

"我爸爸当年就是刘胡兰的入党介绍人，也是她的上级。"小女孩安静地说。

老师听后，顿时无语。

那么，这位小女孩又是谁呢？她就是我哥哥的女友，也是我现在的嫂子。

第十四节　长江三角洲之旅

时光流转，转眼到了暑假。有人曾经说过："世界是一本书，不旅行的人只读了其中的一页。"于是，珊珊和我约了一群要好的同学前往中国南方的杭州、扬州和苏州观光旅游。

我们乘坐的列车在广阔的华中平原上飞速行驶，经过了半天旅程后，又迅速驶入了苏北丘陵地带。然后，列车又穿过山谷，缓缓地穿过南京长江大桥。我们透过车窗，看到了秀丽的江南水乡以及大运河沿岸的江南小镇。这片富饶的地区就是闻名遐迩的杭嘉湖平原，这里盛产茶叶、丝绸等，是著名的江南"鱼米之乡"。

到达杭州之后，我们发现它是一座安静而又整洁的城市。与上海优雅时尚的女士们相比，杭州的姑娘们灵秀俏丽，宛如小家碧玉。然而，著名的杭州西湖却是大自然中的绝色佳人。

西湖风景区位于杭州市区的西南部，占地六十平方公里，其中西湖占地约六平方公里。西湖直径为三公里，周长约十五公里。

"水光潋滟晴方好，山色空蒙雨亦奇；
欲把西湖比西子，淡妆浓抹总相宜。"

在宋代著名诗人苏东波的这首诗中，西湖被比作中国古代绝色美女——西子。这样诗情画意的诗句往往会使人们陷入到对西湖美景的沉醉与赞美之中。

西湖也是一处静谧的地方。在那里都市生活在东北方向的地平在线变得模糊，远近的群山在其它三面环抱西湖。偶尔看见的几座宝塔和中式的拱桥给树木成行的人行道、绿意浓郁的小岛和山丘增添了些许令人愉悦的气氛。

著名的"西湖十景"是在南宋时期形成的十个美景的集合。它们分别坐落在西湖周围和西湖之上。"西湖十景"从不同的角度，在不同的季节中，甚至在一天不同的时间段内，展示了西湖的魅力。每一处风景都是独一无二的，当它们聚集在一起时，被人们誉为西湖美景的精华。在此，非常值得详述这十景之集，它们分别为：苏堤春晓、曲院风荷、平湖秋月、断桥残雪、柳浪闻莺、花港观鱼、雷峰夕照、双峰插云、南屏晚钟和三潭印月。

在西湖，荷花和水仙花在夏季盛开，不但使我们的心情为之一振，也给我们的心灵上带来了极大愉悦。

假如你在春季来到西湖，这里将到处红绿相映。红色、白色和黄色的鲜花处处点缀着西湖。这让人们感觉身处在童话世界之中。

如果你秋季来到这里，在日出日落之际，雾气包裹了碧绿色晕染的湖水，树木如哨兵一般排列在林荫大道两旁。三座小山将西湖包围起来，如同呵护着一块绿色宝石一般。秀美的园林平静地坐落在西湖岸边，人们可以漫步穿过小径，去拜访那里的寺庙。秋天也是三潭印月最美的时节，尤其是在中秋之夜。

在冬季，被白雪覆盖的西湖显得格外美丽。此时可以欣赏到西湖十景之一的"断桥残雪"。如果人们在下雪的季节来到这里，他们绝对会流连忘返。

中国古代文人李渔曾写过一本书名为《闲情偶寄》的奇著，专门描写东方妇女在不同心情时的不同表情和姿态，如少女的羞涩，少妇的矜持等。

　　而西湖就像一位展现不同心态的丽人。她在晴朗的夏日露出灿烂的笑容，秋日的迷人，雪天的圣洁，清晨的静谧，雾天的羞涩，阴天的忧郁，以及雨天的忧伤。它是大自然创造的奇迹。

　　在风光秀丽的杭州逗留两个星期之后，我们又来到了江南的另一座美丽城市—— 扬州。闻名遐迩的瘦西湖位于扬州城的西北郊区，过去是一处名为宝张河的自然湖泊，经过各朝历代的不断治理，形成了一处拥有众多美丽湖泊风光的自然风景区。由于它位于扬州城的西郊，并且形态瘦长，故取名为"瘦西湖"。

　　从唐代开始，瘦西湖就经常被诗人们吟诵了。瘦西湖总长 4.3 公里，面积 30 公顷。瘦西湖因诸如白塔、五亭桥和小金山之类的景点而闻名于世。瘦西湖的西岸有著名的长堤，从公园的入口开始绵延一百多米直到小金山，长堤边种满了垂杨柳。湖中有座小岛，郑板桥的一些书法作品就收藏在此间的一栋房子中。

　　如果把杭州西湖比作妩媚多姿的优雅女士，例如淑娟，那么扬州的瘦西湖可比作清新靓丽的含羞少女，恰似珊珊。因为，杭州西湖给人一种雍容华贵，国色天香的韵味，而扬州瘦西湖却给人几分纤柔羞怯的情意。

　　从我懵懂的少年时代，我就曾梦想能牵手一位心仪少女一起游览风景秀丽的杭州和扬州。现在珊珊陪伴在我身旁，她身材高挑，体态轻盈，双肩瘦削，臂膀修长，有两条曲线优美的长腿。她齐腰的长发随风飘扬，娉婷袅娜，犹如疏影横斜的杨柳。我觉得自己少年时代的梦想现已成真。

　　我们游览的最后一座城市是著名的"园林之城"——苏州。这是一座弥漫着园林般梦幻气息的城市。在过去，使自己的家拥有古典园林曾是许多中国人一生所追求的梦想。尽管著名园林的数量有限，但在苏州，园林建筑风格却非常普遍，在寻常百姓的家里，你常会找到如此风格的大大小小花园。

苏州是中国著名的历史文化名城。这里的私家园林建设始于公元前六世纪，到了明代成为时尚。清代末年，苏州城内外的园林已经达到了 170 座，苏州因此而得名"园林之城"。

著名的园林包括沧浪亭、狮子林、拙政园、留院、西园、网师园及怡园等。苏州园林都是私家园林，占地面积狭小，但其设计灵感均取自于中国传统山水、花鸟画以及唐诗宋词。这些园林总是富于想象，而又能把假山、大树、亭阁、楼台、湖泊和小桥巧妙艺术地安置进小巧的园林之中，从而形成风格各异，但又浑然天成的景象，让人们在小小的园林之中，饱览众多美丽的风光景色。

坐落在苏州的拙政园被誉为南方园林之冠。正德年间，这里曾是大泓寺的一部分，后来朝廷御史王献臣买下了这块地方，并把它改建成私人园林。许多年后，由于王氏家族无力再维护，拙政园遂被卖出。随后的几个世纪里，拙政园几经易手，又被多次修建。因此，今天我们看到的拙政园和当年王献臣所享用的拙政园已经大为不同。

今天的拙政园主要分为三部分：中心的拙政园，东面的归田园居和西面的补园。当时的原址曾是一块沼泽地，修建园林时，人们挖土造湖，并推土造岛。最初的拙政园比起今天的拙政园更为简单，但大小一致，并拥有各种亭台和树木。

坦率地讲，与北京的中国古代皇家园林相比，例如颐和园、北海公园、承德避暑山庄以及其它皇家园林等，苏州园林显得略为简陋和小巧。然而，当中国古代皇帝视察江南时，却从中获得灵感和启示，他命令手下的建筑师依照苏州园林的样板为其建造了他们自己的众多皇家园林。因此，苏州园林成为了中国山水园林设计与建筑的源头和策源地。

通过此次游览，我们意识到世界是多元的，人们的生活方式以及人生价值观各有不同。旅游可以拓宽人们的视野，也可使人变得谦卑。世界上总有不同的人，处在不同的地方，做着不同的事情。人们应当相互理解，相互尊重。因此珊珊与我的关系变得更加亲密，我们彼此形影不离，相依相伴，一起阅读，欣赏，品味，探索世界这本无字天书，共同体验大自然之秀美以及人生价值之珍贵。

第十五节　与珊珊在一起的日子

在你忙碌时，流年似水。当你恋爱时，光阴似箭。然而，当你既忙碌又恋爱时，岁月荏苒，人生就像一场春天的梦。

转眼间，珊珊和我就到了临近大学毕业的时候。当我们讨论我俩的未来时，珊珊热情邀请我和她一起去她的家乡工作与生活。那是一座被群山环绕的美丽山城，不像我的家乡，地处中原，到处都是黄土地，地势平坦而单调。这部分地解释了我为什么会成长为一个如此庸俗的人。我的注意力从未专注于自然之美和人类心灵之美等美好的事物，却总是误入歧途，被一些浮浅的琐事所困扰，例如食品、性和漂亮女孩等。

我对珊珊说："我很想同你一起去，但我必须与我父亲商量一下，要首先得到他的同意才行。"

"亲爱的，你确信能说服你父亲吗？"珊珊不安地问："如果他不同意，怎么办？"

"不必担心，虽然他是我父亲，可你是我的老板，而我又是他的老板。"我半开玩笑地说。

珊珊娇嗔地戳了一下我的肋骨，靓丽的脸上露出了笑容。

傍晚，我们又来到校园的小河畔。河水蜿蜒穿过树林，河的两岸长满青草和野花。珊珊静静地依偎在我身旁。我们畅谈未来，憧憬着未来的美好生活。与四年前相比，珊珊已不再是那位羞涩矜持的女中学生，如同一位总是低头盯着自己脚尖的害羞新娘。如今，她像一朵初蕊绽放的鲜花。她温柔的嘴唇和窈窕性感的身体散发出一种令人难以抗拒的女性魅力。那天傍晚，我们紧紧地相拥在一起。珊珊第一次允许我触摸她那诱人的乳房，丰满而坚挺，乳头呈椎形，就像水蜜桃的粉红色桃尖……

我的心情似潮水般汹涌澎湃，几乎失去自控，珊珊也是如此。

"珊珊，我爱你。"我低声说。

"我也爱你，郝京。"她的声音在颤抖着……

第二天上午，我送珊珊去火车站，她依依不舍地登上驶往南方的列车。火车驶离前，她在车厢内向我挥手告别，并在车窗上留下一对深情的唇印……

可事情并不像我想象地那样简单。我可以轻易说服我父亲，但是我的工作调动却显得异常艰难。我不得不面对各种官僚作风以及形式主义的繁文缛节。

在 1980s 年代早期，虽然在校大学生的学费由政府全额支付，但学生毕业后却不能自主选择就业，而是由政府官员指派到任何他们认为需要的地方。如果有人想改变自己工作地点或工作单位，那就必须经过各级官僚机构的逐级审批。

经历了近半年的各种磨难和痛苦煎熬，以及各级官僚机构的层层审批，其中不乏各种毫无理由的拖延与搪塞，我终于将自己的工作调动至珊珊的家乡。这对我来说，好像是经历了半个世纪那样漫长。

谢天谢地，在这半年中，珊珊几乎每周都会给我写信。在她的字里行间我仿佛听到她温柔委婉的声音。在她的信笺中我似乎能嗅到她手指间的淡淡雅香……

告别父亲后，我登上南下的列车。此刻，我的心早已飞向了遥远的南方……

　　经过一整天的漫长旅途，火车缓缓地驶入珊珊家乡的车站。当我下了火车，走出火车站出口时，看到珊珊，我的未婚妻，像一只快乐的小鸟一样在等待的人群中向我频频招手。未等我放下行李，她就一路奔跑过来，用双手搂住我的脖颈，深深地亲吻了我的面颊和双唇。相聚爱亦切，离别情更深。这是我们难忘的幸福时刻。

　　自从上次分别后，珊珊似乎胖了许多。也许她家乡的美食和清新空气对她的身体大有益处。珊珊如今已出落成为一位俏丽的年轻女士，充满了成熟女性的魅力。我将她抱在怀里，开始情不自禁地想象她衣服下的性感胴体。

　　深情拥抱过后，珊珊挽着我的手臂，一起乘公交车去她位于市区的寓所。从现在起，珊珊与我将天天陪伴在一起，彼此永不分离。

　　我们到达她的寓所后，珊珊为我煮了一大碗鸡蛋面。然后她双手托着下巴坐在餐桌旁，饶有兴致地看着我吃下那碗热气腾腾的挂面。

　　晚餐后，我们来到她寓所不远处的河堤上散步。清澈的河水在静静地流淌，空气中弥漫着水草和野花的芳香。久别之后的重逢，一切甜言蜜语似乎都显得多余。半小时后，我们返回公寓。一进入房间，我们便紧紧地拥抱在一起，在黑暗中热吻。

　　经过一整天的旅行，我感到有些疲惫，于是率先进入浴室沐浴，然后上床小憩。珊珊随后也步入浴室沐浴。她有些害羞，暂时不好意思与我一同沐浴。

　　约十分钟后，珊珊腰间围着浴巾，从浴室里走出来，悄然站在床边。月光透过她身后的玻璃窗倾泻入室内，半裸的珊珊看上去就像是一幅米洛斯维纳斯的剪影。我顿感呼吸急促，迫不急待地张开了双臂。她走上前来，甜蜜地投入我的怀抱。我体验到了两人第一次肌肤相亲的震撼与快感。我们的肢体相互交织，缠绵在一起，不停地相互亲吻和抚慰。当我的手指轻轻触碰到她的私处时，那里的软毛比我四年前第一次触到时，浓密了许多，柔软的阴部炙热而湿润。珊珊深深地吸了一口气，然后闭上双眼，分开了双腿。她的爱之隧道热切期待我的爱之肌进入。当我的下体进入珊珊的身体时，感到她全身一抽，倒吸了一口凉气，然后尖叫一声，紧紧地抱着我，身体紧绷，双唇半开，呼吸急促。她的高潮来了，紧接着，我的也来了。我们紧紧地拥抱在一起，两人的身体似乎已融为一体，一同进入了涅盘仙境……

第二天清晨，珊珊起身去浴室里沐浴，床单上依然存留着昨夜的温馨，我无意中发现上面有一块暗红色的血迹。珊珊昨晚将她自己最珍贵的礼物，她的贞洁以及她那颗炽热的心一同奉献给了我。

三天之后，珊珊终于克服了她的羞涩，同意与我一起沐浴。在浴室内，我有生以来第一次看到她赤裸的身体，不是在黑暗中，而是在清晨的阳光照耀下。哇！那简直就是一尊中国版的米洛斯维纳斯雕塑，不是由大理石，而是由象牙雕琢而成，我心想，假如维纳斯本人有幸看到她的玉体，恐怕也会心生羡慕。

她的那对水蜜桃形的乳房随着她身体的移动，不停地颤动。两只粉红色的乳头微微上翘，如同两只粉红色桃尖，在我颤抖的指尖触摸下，她柔软娇嫩的粉色乳头逐渐胀大，变得坚挺……

突然间，我感到头部一阵眩晕，心跳加速，不由跌倒在地板上。

"亲爱的，你怎么了？"珊珊惊恐地叫喊道。

"我被你迷人的身体陶醉了。"我声音微弱地说。

"如果你下次还是这个样子，我就不和你一起沐浴了。"她娇嗔地撅起嘴唇，俯下身来把我扶起来。

第十六节　"我的心里全都是你！"

与珊珊在一起的几天中，我对她的身世有了更多的了解。珊珊从小出身贫寒，她的亲生父母在她很小的时候就已双双去世。她的一个远亲，即她的姑妈，收养了她，并将她抚养成人。不幸的是，她的继母和继父，即她的姑妈和姑父，健康状况欠佳，并且，她的两个双胞胎弟弟依然年幼，无法承担太多的家务。因此，珊珊主动承担了家里的所有家务。她必须为全家买菜做饭，并在星期日洗衣服，做室内清洁等。然而，我的到来替她减轻了一部分负担。我接过了她家中所有的体力劳动，以及外出跑腿之类的杂事。

又过了一个星期，我们一同前往当地民政局正式办理婚姻登记手续。在婚姻登记处，珊珊提议我们省去那里的繁文缛节。于是，她那双美丽的大眼睛深情地看着我，直接问道："郝京，你爱我吗？"

"是的，我的心里全都是你。"我回答说。

然后，我问她："珊珊，你爱我吗？"

"当然，"她用力点点头，"自从第一次见到你，我就一直期盼着这一天，与你手牵手，心贴心地在一起。"说完之后，珊珊的眼里充满了泪水，那是幸福的泪水。

随后，我取出一枚钻戒，戴在她左手的无名指上。为了这枚钻戒，我几乎花光了自己的所有积蓄。

等我们转过身来，在一旁观看的办事员已经将结婚证书准备好，并递给了我们。然后她代表当地政府郑重地宣布：我们的婚姻申请已获批准。从此，珊珊与我在法律上正式结为夫妻。

傍晚，珊珊在她温馨的小寓所里准备了一桌家常晚宴。她的家人与我们在那里举办了一场简单的婚礼。我们未邀请我们的好友和同事们，因为珊珊的寓所，我们的爱巢，无法容纳那么多客人。晚宴之后，珊珊的父母祝福我们幸福，并共祝我们晚安。然后，他们携带她两个可爱的弟弟一同离去。

像往常一样，我们来到河堤上散步。月光倒映在河水中，一阵微风袭来，吹皱了平静的水面，泛起阵阵清漪。这让我想起了四年之前，珊珊和我在大学校园小河畔的第一次约会。当时那位羞涩的芭比娃娃现在已经变成一位美丽少妇。经历了许许多多的困难与波折，她对我的爱从未改变。因此，我向珊珊说出了我多年来一直隐藏在心中的疑问。

"珊珊，你为什么爱我？难道你没有后悔过吗？"

"自从我第一次遇见你，我心中就有一种说不出的感觉。我不知道这是不是爱，但我确信你就是我未来的丈夫，我对此从未怀疑过。"她平静地说。

我意识到珊珊的爱是一种天真无邪的爱，始终如一，没有任何杂念，只有相信爱的人，才能得到爱，并且最终收获幸福。

"难道我说错了吗？"珊珊问道。

"没有错。我向你保证，身为你的丈夫，我一定不会让你失望。"

"时间很快会证明一切，"她甜蜜地笑了。

当我们回到公寓楼下，珊珊仰脸看了看五层楼上我们的爱巢，不禁眉头微皱。

"我亲爱的丈夫，我感觉有点累了，请把你的新娘背上楼去好吗？"她问道，脸上露出调皮的微笑。

"没问题，请问我是背你上去，还是抱你上去呢？"我问道。

"你今晚背我上去，"她说着，忍不住笑出声来，"然后，明天早晨你再抱我下来。"

于是，我顺从地弯下身来，让我的新娘俯卧在我背上，然后，我背着她爬上了五楼。

当我停在五楼寓所的门口，喘着粗气时，珊珊在我耳边小声说："嗨，亲爱的，今晚我会好好地犒劳你。"

进入房间后，脱去衣服，我俯身抱起珊珊步入浴室，我们一起沐浴。珊珊细心地为我擦洗全身，她柔软的双手轻轻抚遍了我身体的每一个部分。我必须承认，这是我有生以来最难忘的一次身体按摩。随后，她又清洗了她自己的身体。沐浴结束后，我把珊珊抱上床。

躺在床上，她温柔地吻了我，深情地依偎在我身旁。

"珊珊，我有生以来从未感到如此幸福。"

"因为你现在已经是我丈夫了，作为你的妻子，我有义务让自己的丈夫幸福美满。"珊珊温情地说。

"现在你已经是我妻子了，"我回答说："作为你的丈夫，我也有义务让我妻子幸福快乐。"

"你发誓吗？"珊珊开玩笑地问。

"那当然。"我说。

"那好，请你开始履行你的誓言吧！"她笑着说。

于是，我把珊珊轻轻地揽入怀中，她的身体柔软而温顺，不像我们第一天晚上在一起的时候，有点拘谨和紧张，她的双手轻轻地抚慰着我的身体，双唇温馨地吻着我的脸颊和脖颈。她温暖的身体默默地配合着我身体的每一个动作，温柔而缠绵。我有生以来第一次感受到幸福的真正含义，它远远胜过其它快乐，是人生快乐的最高表现形式。那是一个令人难忘的新婚之夜，是上天对我们的赐福……

第十七节 "只有在你生命美丽的时候，你周围的世界才是美丽的。"

———————✦✦✦———————

婚后，珊珊和我幸福地生活在一起，就像一对戏水鸳鸯，相依相偎，形影不离。

周一至周五，我通常在公司加班，回家较晚。珊珊下班后先回到她父母那里，为他们全家准备晚饭，然后与家人一起共进晚餐。之后，她再回到我们的寓所，为我单独准备另一顿晚餐。尽管珊珊不太擅长烹饪。但是由于我那愚蠢的大胃口，无论她为我烹制什么饭菜，我不分好坏，统统一扫而光。在我吃饭时，珊珊像一只快乐的小鸟一样，在厨房和餐桌旁不停忙碌着。

除了一些重要的商务活动之外，我们从不外出就餐。尽管我喜欢那里的美食，但我不喜欢那里的服务。餐馆里的服务员们永远是彬彬有礼，表情刻板，脸上带着千篇一律的职业微笑。不像珊珊，她的笑容是一种发自内心的甜美微笑。此外，我们也从不外出旅游或度假。每当周末或公众假日到来，我们会携手郊游。珊珊的家乡是一座美丽的山城，四周山峦起伏，群峰迭翠。这里有潺潺的溪流，宁静的湖泊，绿茵的草地和茂密的森林。

每一位沐浴在爱河中的人，心中都会充满诗情画意。有爱的心会永远年轻。

当南方的春天到来时，和煦的春风将大地吹成一片新绿，树枝悄悄地绽出嫩绿的叶芽。它们是春天的使者，也是大自然对我们的热情召唤。

在周末清晨的破晓时分，珊珊和我与初生的太阳一同醒来。我们携手漫步在静静的小河边，沉浸在大自然的怀抱里，感受着它的脉搏与呼吸。清晨的第一缕阳光透过树梢，泼洒在林间小径上。垂柳的枝条在微风中摇曳。金合欢树的花香随风飘来，香气扑鼻。在远处，河面的清漪在金色阳光的照耀下，熠熠生辉。偶尔，我们会听到树梢上鸟儿的鸣啼。色彩缤纷的蝴蝶在灌木丛中翩翩起舞，宛如树丛中随风摇摆的奇花异草。在木棉花开的时节，鲜红色的花朵在微风中跳跃，恰似朵朵燃烧在风中的火焰。珊珊和我并肩坐在草坪上，尽情欣赏着绚丽多彩的南国风光，心中默默感叹大自然的神奇与美好。

到了秋季，我们会去郊外远足。秋季是第二个春天。此时每一片树叶都是一朵绚丽的鲜花。黄色、橙色、紫色和红色的秋叶宛如燃烧的火焰在秋风中摇曳。

在我们登山途中，珊珊的身体不如我这般强壮。她有时会感到疲惫，于是，我不得不将她背在身上，气喘吁吁地爬上陡坡。当我们到达山顶时，眺望远方，四周的壮丽景色，让我们惊叹不已，感慨万千。在下山途中，我们必须穿过一条湍急的河流，于是我又抱起珊珊，涉水而过。然而到了河对岸，珊珊两臂紧搂着我的颈部，不肯松开。于是，我不得不抱着我的爱妻，跌跌撞撞地走下山坡。对我来说，这毕竟是我大学毕业后唯一的体能训练。

星期六晚上，珊珊和我通常呆在家中，早早地上床，尽享鱼水之欢。有时是以珊珊那温柔体贴方式，有时则是按照我的粗放狂野方式，但大多数时间，是二者合一，即第一次，按照我的方式，狂野而放纵，第二次则遵循珊珊喜爱的方式，温情而缠绵。渐渐地，我开始喜爱上她的方式，典型的东方淑女型。珊珊在床上如小鸟依人，温柔可爱，她的身体在我的怀抱里柔软而温顺。她双唇火热，贴在我的唇部缓缓燃烧。她的舌尖清新而甘甜，像一泓清泉流淌在我的心间。她的高潮舒缓而绵长，伴随着轻声的呻吟，时断时续。高潮过后，她依偎在我身旁安静地进入梦境……

已故诗人顾城曾在他的《哲学沉思录》中曾写到，"只有在你生命美丽的时候，你周围的世界才是美丽的。"这话是真的，人生确实如此！

我们就这样甜蜜地在一起生活了近两年的时间，一切顺风顺水，称心如意。

一次，在珊珊即将出国考察之前的夜晚，我们躺在床上轻声细语，讨论未来的规划。

"珊珊，等明年你的两个弟弟小学毕业，可以承担更多家务之后，我们要一个孩子如何？"我小声问道。

"请接着往下说，亲爱的。"珊珊似乎对这个话题很感兴趣，督促我继续说下去。

"我希望要一个女儿，像你一样。这样的话，我将有一个美丽的珊珊在我身旁，怀里还抱着一个可爱的小珊珊。哇！我将是这个世界上最幸福美满的丈夫。"我一边说，一边幻想着那一天早日到来。

听到这些，珊珊眼睛里闪着幸福的泪花。她笑着点点头。之后，我们又在床上缠绵了好一段时间。高潮过后，珊珊进入了梦乡，一丝微笑依然挂在她幸福的脸庞……

第二天早上，珊珊吃完早餐，匆忙与我吻别，然后乘车赶往机场。

第十八节　我的心碎得像个生肉丸子！

在珊珊因公出国商务考察期间，我似乎又回到婚前的单身汉生活，除了下班后去珊珊家里帮忙做一些家务之外，我每天上班，下班，吃饭，睡觉，周而复始。两周时间一晃而过，如果顺利的话，珊珊应该在今天下午返回家中。

我坐在办公室里，想到珊珊即将返回家中，心里难免有些激动。珊珊不在时，我一直在思念她。就在此时，我办公桌上的电话铃响了，我拿起听筒。

"您好，请问您是吴珊的丈夫，郝京吗？"一位陌生男士的声音从电话中传来。

"是的，我就是。"我回答道。

"请您到办公大楼的门口来一下，好吗？我们在这里等您。"

"有什么事吗？"我问。

"我们会在车里告诉您。"

于是我一路飞奔下楼，心中有一种不祥的预兆。

在大楼门口，我看到一位先生，坐在一辆停在路边的小轿车内向我招手。我急忙跑过去钻进车内，坐在司机旁边的副驾驶座位上。未等我坐稳，司机就已发动了引擎，引擎启动之后，他换挡加速。轿车在马路上急速掉头，驰向位于城市郊区的机场方向。

在轿车的后座上坐着两位男士。其中一位告诉我说，珊珊在从机场返回市区的路上遇到了车祸。一辆超速行驶的卡车迎头撞上珊珊乘坐的轿车。货车司机当场死亡。珊珊和她的两位同事现正在当地一所医院接受紧急抢救。我听后，心里顿时一沉。

半小时后，我们到达那家医院。我跳下汽车，急速向急救中心跑去。一位护士早已在那里等候，她引导我们来到一间重症监护病房，珊珊正躺在一张病床上，身边摆满了各种医疗设备和监护仪器。一位守候在那里的医生告诉我们说，珊珊的心脏已在十分钟前停止了跳动。我感到我的脑袋"轰"地一声炸了。我不顾一切地冲到她的床前，大声呼喊着她的名字，可珊珊静静地躺在那里，似乎什么也没听见。她的面部苍白，双目紧闭，左手紧紧地握着一条漂亮的浅蓝色领带。那是她在意大利特意为我选购的礼物。她的双手和嘴唇苍白，但依然温热。我紧握着她的双手，狂吻着她的双唇，希望她能睁开眼睛，再看我一眼，但她没有任何反应，静静地躺在那里，再也没能醒来。

我无法相信这一切，瞬间陷入了疯狂的歇斯底里状态。我哭着喊着，情绪彻底失控……

接下来，我能回忆起来的就是，两位身材魁梧的男士走了进来，试图将我拉出病房，但未能奏效。然后是四位男士，但依然无法使我与珊珊分开。最后，来了一群壮汉把我抬出了病房。我不知道我在哪里，以及我到底干了些什么。他们给我注射了大量镇定剂，希望我能安静下来。一小时后，我躺在医院的一张病床上睡着了。

我病了，病得很重，整整在医院里躺了两个星期。

当我从昏迷中苏醒时，一位护士告诉我说，我父亲来到了医院，在病床前守候了三天。之后，他不得不回去继续工作，但留下他的秘书淑娟在病房内日夜守候，等待我慢慢从昏迷中苏醒过来。

在镇定剂的作用下，我又在床上躺了一周。最终，我坐起身来，缓缓走出病房。在淑娟的陪伴下，我再次去看望珊珊。但是这一次，她却躺在一处公墓的墓碑下，静静地睡着，再也不会醒来。我默默地站在墓碑前，回忆我们曾经在一起的时光……

我知道珊珊已经身处另外一个世界。她一定是在天堂，静静在那里等待我与她的重逢。可是没有她，我怎么继续生活下去？我无法回到我们的寓所。那里无时无刻不勾起我对她的回忆。她的身影无处不在，在我们漫步的小河畔，在我曾背她上楼的楼梯间。我再也无法抑制自己的眼泪，泪水流下我的面颊，滴落在她正在沉睡的那片草地上。

"珊珊，我亲爱的，我是郝京。我来看你了。珊珊，你在哪里？我想念你，没有你，我无法继续生活下去。请等等我，我与你一起去。"我哭得像个孩子……

夜幕渐渐降临，淑娟告诉我说，有一辆轿车正在大门外等待，我们必须尽快离开。因此，与珊珊在一起朝夕相处两年之后，我与她分别了。她独自一人静静地躺在墓园里。轿车载着我和淑娟一路向北，驶往我的家乡。

第十九节　回忆我的姐姐

回到家后，我的生活变得一团糟。我一天到晚躺在床上，目光呆滞，没有食欲，也没有性欲，活像一个白痴。除了对珊珊的回忆之外，我的大脑一片空白。我心中充满了她甜美的微笑，她温馨的话语，她皱起眉头的可爱摸样，以及她的泪水，那是幸福的眼泪。

有时，我甚至想到了死。我不惧怕死亡。我记得我母亲曾经对我说过，人死后会去一个更好的地方，那里是天堂。我希望我的灵魂能飞到天堂，与珊珊在一起。而不像现在，我们相距遥远，天各一方。

只要一有时间，淑娟就会来陪伴我。她感到十分担忧，相信我照此下去，恐怕撑不过一年。如果恰逢我父亲因公出差，她会不分昼夜陪伴我。有时，她会抚摸我的身体，希望能唤起我对异性的感觉。可是我躺在那里，像一块冰冷的石头，没有欲望，没有激情，任何感觉都没有。

阿瑟·叔本华曾经说地过："当欲望之火熄灭时，生命的内核也就消失了，只剩下它的空壳。"我的欲望没有了，活像一具僵尸。过了几个月之后，淑娟终于失去了耐心。

"郝京，一味沉湎于悲伤，毫无意义。珊珊已经走了，你需要重新开始你的生活。"淑娟的唇部微微颤抖，眼睛被泪水模糊了。她转过身去背对着我。我如此的非理性行为，让她深感失望。

"不，珊珊依然活着。她每时每刻都活在我的心中。"我大声对她喊道。

"那好，我不想在一个白痴身上浪费时间了。"淑娟转过身来，也向我喊道，她的眼泪夺眶而出。

此后，每当我父亲因公外出时，淑娟还会再来为我洗涤衣物，准备饭菜，但更像是我的姐姐，而不是昔日的情人。

老实讲，此时此刻，我真地开始思念我的姐姐们了。看着淑娟在厨房里忙碌，儿时的往事又呈现在我的脑海中。

我的二姐比我大十五岁，我们从小在北京一起长大。在我年幼的眼中，她永远是活泼开朗，年轻漂亮。我记得，在我童年的一个星期日上午，我父母外出购物，我二姐负责在家照看我。然而，我却独自坐在家里生闷气，拒绝与她说话。为什么呢？

半个多小时前，我在住宅楼前的大院里玩耍，看到一群女孩子在那里开心地玩跳皮筋，我便走上前去捣乱。于是她们把我姐姐叫来。我二姐将我拖回家中，反锁在家里。当时已是中午，她走进厨房，在里面不停地忙碌。一会儿的工夫，她就准备好了午餐，是肉沫伴面条、白米粥和烙糖饼。那可是我钟爱的食物。但我仍在生她的气，拒绝吃午餐。

"你为什么不吃饭？"我姐姐好奇地问。

"我怀疑你的午餐里有毒药！"我睹气地说。

姐姐被我幼稚的儿童语言逗笑了。于是，她又走进厨房清洗我之前换下的脏衣服。过了一会儿，我的怒气逐渐消退，悄悄地尝了一口餐桌上的糖饼，嗯，好吃极了！我狼吞虎咽地吃完了午餐。饭后我与姐姐开始下跳棋，她故意让了我两局。于是我们又成了好朋友。

我还记得，在我年仅五岁的时候，不幸在北京王府井大街上走失。

　　那是一个星期日的下午，我姐姐的未婚夫，当时是一名空军中校，携带我外出购物。我们乘公交车来到北京王府井大街。当时恰逢周末，那里熙熙攘攘，人流如织。我跟在他的身后，在人群中穿行。不久，我发现他不见了。于是我站在那里东张西望，等待他的归来，可左等右等不见人。我便开始在人群中寻找，但徒劳无功。绝望中，我掉头沿原路返回，可这次是我独自一人。

　　不久，我就来到了王府井大街南端的入口处。一栋红砖大楼矗立在长安街斜对面，那曾是中国煤炭工业部的办公大楼，我父亲当年就在那栋大楼里办公。可那天是星期日，他恰好休息。因此我便转身向左，沿着长安街往东走。北京儿童电影院就在路边的不远处。我父母曾经带我在那里看过电影《孙悟空三打白骨精》。那是中国古代小说《西游记》中的一个著名片段，由明代的小说家吴承恩撰写。在影片中，孙悟空的金箍棒给我留下了深刻印象。看完那场电影后，我回到家里，试着用一根旧扫帚把仿制了一条金箍棒，并把家中的餐桌布系在自己脖子上，模仿孙悟空的斗篷，就像美国影片《超人》里男主人公所穿的那件斗篷一样。可是我怎么都无法像孙猴子那样，把金箍棒舞得虎虎生风，出神入化。这让我感到非常懊恼！

　　我继续向前走，远远地看到了东单菜市场矗立在下一个十字路口路的左边，马路的正对面是东单体育场。一些人在那里打篮球，另一些则在田径场上跑步。我感到有些疲惫，便坐在马路边休息了一会儿，观看路上来往的车辆。

　　半小时后，我又来到了下一个十字路口。当我向右转身，沿斑着马线穿过马路时，北京火车站那熟悉的轮廓映入我的眼帘。我心里松了一口气，加快了脚步，来到了北京火车站门前广场。在那里，我经常与家人一起，在"五一"或"十一"的公休假日，站在广场观看焰火表演。当时，我已步行了一个多小时，觉得有点口渴。于是我站在一家食品商店的橱窗外，盯着货架上摆放的汽水和果汁发呆，感觉嗓子里渴得直冒青烟。可我衣袋里除了几个玻璃弹球外，一无所有。于是，我只得穿过北京火车站门前广场，拐进一个小胡同。在胡同入口的左侧，是已故著名画家徐悲鸿先生的故居以及他的绘画作品陈列馆。我走到胡同的尽头后，再向右转，拐进了另一条胡同，然后再向左转，那里聚集了上百处北京传统四合院，是北京市重点文物保护单位。在清朝末年，那里曾经是德国租界，也是当年北京的富人居住区。随后，我又穿过了像迷宫一般纵横交错的胡同，来到一处深宅大院门前，看到大门一侧的门框上有一个按钮，我好奇地按了一下，听到一阵急促的铃声，吓得我转身就跑了。长大后，我才知道，那座配有私人车库的三进四合院是当年原中华人民共和国铁道部部长吕正操的府邸。

我跑到胡同尽头，再次向左转，终于来到了一所院子的大门口。院内矗立着一栋五层灰色砖瓦结构的住宅大楼。我停下了自己的脚步。唉，终于到家了！我们家就住在住宅楼内其中的一套公寓里。看到一群孩子正在院子里玩弹球游戏，我立刻走上前去，加入了他们。

大约又过了一个多小时，我看到我姐姐的未婚夫从院子大门外无精打采地走了进来。他看上去愁容满面，又困又乏。我猜想，他一定度过了一个极其糟糕的下午。现在他独自一人回来，还不知道我姐姐将会对他发多大的脾气，他竟然把自己年仅几岁的小弟弟搞丢了！

可是，当他发现我正在楼前的院子里兴高采烈地与一群孩子们玩玻璃弹球游戏。他感到非常吃惊，简直不敢相信自己的眼睛。

"你怎么会在这里？是谁带你回来的？"他走上前来，不解地问。

"我自己走回来的。"我回答说，然后继续埋头与其他孩子一起玩游戏。

"谢天谢地！"他长舒了一口气。随后他告诉我说，他在王府井大街到处找我，甚至还求助于王府井百货大楼和东安市场的值班播音员，发布广播寻人启示……

这件事后来竟成了我的家人，在茶余饭后津津乐道的一段趣闻。

此刻，我也非常想念我的大姐。她比我二姐大两岁，是一名会计。我记得，在我暑假期间在北京过十岁生日时，她曾给了我十元人民币，作为生日礼金。那几乎是她月薪的四分之一。在随后的两个星期里，我觉得自己像一个富有的小王子，随意购买糖果、冰棒和饼干等之类的零食。周末，我还与小伙伴们一起去北海公园划船，当然一切费用均由我来支付。

虽然，我的童年时代从不缺少零花钱。可是，有一次在北京王府井百货大楼里，我正目不转睛地盯着玻璃柜台内琳琅满目的电动儿童玩具发呆，一位身材高大、金发碧眼的西方外交官携带他的家眷走过来，停在附近一个专门出售高档糖果的柜台前。他从裤袋里取出一个鼓鼓的黑色钱包，里面塞着厚厚一迭崭新的人民币，他从中随手抽出一张十元人民币现钞，为他两个金发碧眼的女儿购买了一大盒价格昂贵的国外进口巧克力。我猜想那迭人民币至少有一千元。对于普通中国老百姓家庭来说，那可是一个天文数字，几乎超过了他们全家一年的收入。可是为什么他们那么富有，而我们又如此贫穷呢？正当我百思不得其解时，不小心撞到了一位手提篮子的中年男人，跌倒在地，摔了个嘴啃泥。

"小心点！"那位壮汉大声咆哮着，然后弯下腰去逐个捡起散落一地的苹果……

只是到了最近，我阅读了英国已故首相丘吉尔撰写的一本书籍之后，我才逐渐明白。丘吉尔先生在比较资本主义与社会主义的制度优劣时，曾经写道："资本主义的邪恶在于不公平的幸福分配，社会主义的美德在于共同分担所有人的痛苦。"

在十九世纪，所有的欧洲人都认为美国人是"暴发户"。如今，全世界的人们都相信中国人是有钱的"土豪"。也许，下一个世纪，我们会说印度人是一代崛起的"新贵"。天晓得？

第二十节　缅怀母亲

又过了大半年，我的健康状况令人堪忧。淑娟真地开始担心了，将病情转告给我父亲。于是，我父亲请来了一位心理医生，看他能否对缓解我的病情有所帮助

此后，每逢星期三，我便去他的诊所，回答他提出的各种奇怪问题。在我们之间的谈话中，那位心理医生总是不断提到我的俄底浦斯情结或与之类似的问题。他无意中又揭开了我的另一个疮疤，再次唤起了我对母亲的深切思念。

我母亲去世于 1975 年。我当时正在读初中一年级。中国当年正处于"文化大革命"时期。我父亲被囚禁在一处远离市区的劳改营。因为在 1949 年共产党接管政权之前，我爷爷是地主。因此，他不得不像矿工一样，每天下井挖煤。我母亲也因此受到牵连，遭受到不公正的待遇。她在社区里被批斗，行动受到监视。这一切仅仅是因为她嫁给了我父亲，一个地主的儿子。由于她当时身体状况欠佳，不久就死于脑溢血。然而，正义从未得到伸张。无人对她的意外去世承担责任责，并表达歉意。更加令人匪夷所思的是，我大哥当时是一名空军教官，他的上级甚至不允许我哥哥参加自己母亲的葬礼。

历史是由胜利者书写的，但历史本身却是胜利者和失败者共同创造的。数年之后，邓小平先生被平反，重新恢复工作，成为当时中国政府的主要领导者之一。我父亲在劳改营也得以释放，重新获得自由。他被任命为

矿区生产副总指挥并同时兼任矿务局副总工程师。不久，他又被他的上级，即党委书记，提名为第五届全国人大代表候选人，随后顺利当选，一年后又当选省人大常委。从此，我父亲又成为一位受尊敬的人。

过去的一切都成了一场闹剧。然而，我父亲对我母亲的去世深感内疚，从此他变成了一个沉默寡言的人。我很少见他有真正快乐时候。在那疯狂的年代，作为一个小男孩，我无法理解为什么与一个地主的儿子结婚会成为一个严重政治错误，甚至是犯罪。

在最初的几年中，我一直非常想念我的母亲。她的去世在我心中留下了巨大创伤。直至珊珊走进我的生活，她甜美和善良的性格给我的心灵带来了极大的安慰，帮助我逐渐走出母亲去世的阴影。

可如今，在我时常思念母亲的同时，又开始我思念我亲爱的妻子珊珊。旧伤未愈又添新伤。我心中如万箭穿心，阵阵悲伤不断袭来。

有段时间，我夜间经常莫名其妙地盗汗。因此我去看一名老中医。他为我开了十几副名贵中药，并嘱咐我每天按时定量地熬中药汤喝。除此之外，他还建议我每隔三天去他的诊所接受一次针灸治疗。经过了一个多月的治疗，效果并不明显。后来，还是淑娟来到我家中，为我更换了一床夏季的薄被子。我的盗汗竟然在一夜之间消失了。

至于那位心理医生，在他给我治疗了三个月之后，他最终不得不放弃了治疗。他沮丧地对我父亲讲："您儿子的心碎了，只有一种方法可以治愈他的心病，那就是时间。"因此，根据另一名西医的建议，我父亲又送我去了一家海滨疗养院，希望那里的温暖气候和美丽风景能够缓解我心中的痛苦，给我内心带来安宁。

可是，每当我沿着海边沙滩漫步，看着成群的海鸥在海面上掠过，我不禁又想起了珊珊。我真希望自己能变成一只海鸥，飞向天空，与珊珊在天堂相见。

有一天，夜幕降临，一轮明月悬挂在天空。这场景让我想起了六世达赖喇嘛仓央嘉措（1683——1706）所写的苍凉凄美的诗句：

　　"在那东山顶上，
　　升起白白的月亮。
　　年轻姑娘的面容，
　　浮现在我的心上。

　　如果不曾相见，
　　人们就不会相恋。
　　如果不曾相知，
　　怎会受这相思的煎煎。"

我独自坐在海边一块大约一亿五千万年前生成的巨大礁石上，看着天上白白的月亮发呆。午夜时分，我纵身跳入海中，拼命地向远方的天际线游去……

第二天清晨，一位皮肤黝黑的老渔民发现我俯卧在大海之中的一块礁石上，精疲力尽，连说话的力气都没有了，于是他用小船把我送回岸边。

两天之后，我体力稍稍得以恢复，人们又发现我独自一人梦游在海边沙滩上。我试着把珊珊的名字写在天空，但一阵海风吹来，将她的名字吹走。我又把她的名字写在沙滩上，一波海浪涌来，又将她的名字卷走。于是，我开始在街边的墙上到处写下她的名字，一个该死的警察走来，把我带走了……

疗养院的医生认为我真的疯了。三天后，他派人把我遣送回家了。

第二十一节　与珊珊梦中相见

　　不久，珊珊去世一周年的纪念日到来。我前往她的家乡，悼念我深切怀念的妻子。那天，我西装革履，系着她一年前在意大利为我购买的那条浅蓝色领带。我再次站在珊珊的墓碑前，手持一朵代表她纯洁心灵的白色玫瑰。

　　"珊珊，你在天堂还好吗？"我轻声问。

　　令人惊讶的是，我听到了珊珊的声音从远处的天空中传来："嗨，郝京，很高兴再次听到你的声音，我现在很好，我与我的亲生父母在一起，你不必为我担忧。你现在还好吗？"

　　"对不起，我恐怕不太好。我每时每刻都在想念你。没有你的陪伴，我的生活似乎失去了意义。"我含泪对她说。

　　"嗨，亲爱的，别伤心，我们会在天堂重逢的，"她安静地说："我在这里等你。"

　　"但是，我现在就想与你在一起。没有你，我无法继续生活下去。"我抽泣着说。

　　"我也想啊，我留恋你的双唇，虽然不够柔软，但很炽热。我也思念你温暖的双手和你的爱抚，虽然不够温柔，但充满激情。"她柔声地说。

　　听到她这些话，我开始哭泣。

　　"嗨，亲爱的，你收到我为你买的礼物了吗？在我离开之前，我紧紧地把它攥在手里，希望能亲手交给你。

不管怎样，它代表我的心。每当你想起我时，你可以系上它，那样的话，我们又可以心贴心地在一起了。"她温情地说。

"是的，亲爱的，我收到了，谢谢你！你看，它现在就系在我的脖子上。"我抬起头，让她看看我胸前的领带。

"啊！我看到了，你看起来真帅！"她高兴地说。

眼泪又沿着我的脸颊流了下来。

"亲爱的，请别伤心。如果你想念我，那么请你在我的墓前点一炷香。"她嘱咐道。

听到此话，我立即冲了出去，买回一束香，然后取出一支，小心地点燃。

一缕青烟冉冉升起，飘向空中。它似乎变成一条淡蓝色的丝带，将珊珊和我相连在一起。我双手伸入徐徐上升青烟，闭上双眼。

渐渐地，我感到一阵和风吹来，吹佛着我的脸庞和双臂。我迅速甩掉上衣，感到微风吹遍我的全身，好似珊珊用双手温柔地轻抚我的脸颊和身体。

"亲爱的，你感觉到了吗？"

"是啊，感觉到了。"我兴奋地喊道。

"我也一样，我感觉到了你的热情拥抱。真是太好了！"

自从珊珊去世之后，我第一次感觉到她柔软的双唇，她娇嫩的手指。我觉得自己好像飞上了天空，与珊珊紧紧地拥抱在一起……

天渐渐地黑了，风也停了下来，珊珊悄然离去。

"亲爱的，请在我下一个生日时再来看我。"我听到珊珊的声音从遥远的天边传来。

"珊珊，等一下，请不要撇下我。"我昂首大声喊道。声音在夜空中回荡，一波接一波，传向远方。我很想飞上天空，但我不能。我躺在草地上，仰望夜空，看到一颗明亮的星星正在天空不停地闪烁。我意识到那是珊珊在向我挥手告别。

突然间，一片云朵飘来，遮掩了闪烁的星空。我隐约听到一曲优美的音乐从远方传来，那是著名钢琴曲《少女的祈祷》，由波兰天才作曲家和钢琴家芭达捷芙丝卡于 1859 年，在她十八岁那年创作。那令人难以忘怀的旋律久久在我心中回荡。我心想那是珊珊从遥远的天堂送给我的祝福。我顿时感到心中一片宁静，就像高山湖泊中湛蓝的湖水一样……

第二天是星期日。我顺便去珊珊家拜访了她的继父继母以及她可爱的双胞胎弟弟。她的继父继母看起来苍老了许多。他们因病提前退休，不得不依靠微薄的退休金生活。她的两个弟弟现在已是中学生，长高了许多，能够为他们的父母承担更多的家务劳动了。

当我在珊珊的家乡工作与生活的时候，我很乐意与珊珊一起宅在家中，品尝她为我烹饪的饭菜。我们也很少外出旅行。所以，我每月的薪水一直放在我办公室的抽屉里，分文未动。到了月底，我会如数交给珊珊，但她总是把钱存入银行，记在我的名下。利用这次机会，我把存在银行里的存款全部取出，在我离开之前，如数交给了她的继父继母。我希望这至少可以帮助珊珊的两个弟弟完成他们的中学学业。

第二十二节 "她是上帝派来的天使。"

又过了两个月，珊珊的二十三岁生日到了。我再次来到她的家乡，手持一束白玫瑰。我站在她的墓前，点燃一炷香。一缕青烟冉冉升起，飘向天空。一阵轻风拂面而来，我感觉到了珊珊的亲吻，看到她俏丽的脸庞浮现在远方的天空，如同海市蜃楼一般。

"嗨，亲爱的，谢谢你的光临。你近来还好吗？"她以她特有的温柔向我问候。

"自从上次见到你后，我的心情好多了。"我回答。

"那么你结交新的朋友了吗？"珊珊关心地问。

"还没有。"我答道。

"亲爱的，别犯傻了，我知道你爱我，我也爱你。爱不仅仅是获得，也是付出。请把你的爱也奉献给你身边的人，奉献给你周围所有的人。"她静静地说。

"好的，珊珊，我会的。"我说。

我感到珊珊亲吻了我的脸颊。我也俯下身亲吻了那一缕青烟。

"谢谢你的吻。你可以用你的双手抚摸一下我的脸颊吗？"她请求说。

我伸出双手，让那缕徐徐上升的青烟从我手指间穿过。我感觉到自己的指尖触摸到珊珊的脸颊和双唇，如此地柔软和滑嫩。然后，我又感觉抚摸到了她的秀发，

106

隐约闻到一股淡淡的幽香，那是珊珊的头发散发出的香味。

一阵凉爽的清风吹来，掠过我的脸庞，抚弄着我的头发，仿佛珊珊在用她的手指轻抚我的长发。

"亲爱的，你有白发了。"珊珊叹了口气说。

"我总是在不停地思念你。"我对她说。

"我也一样。请照我说的去做。"她同情地说。

"珊珊，请与我在一起，不要离开。"我说着，泪水又涌出了眼眶。

"只要我们相互把彼此记在心中，我们就永远不会分离，"一阵微风吹来，珊珊又吻了一下我的脸颊。"别忘了我对你说过的话。"

她的声音渐渐远去。

"我会的，珊珊，我爱你！"我对着天空大声喊道。

我的喊声引来了墓地其他访客的好奇目光。他们以为我精神失常了。但我顾不上这些，用更大的声音喊道："珊珊，我爱你！"

一阵疾风吹来。我再次感到了珊珊的热情拥抱。她似乎也依依不舍。

我张开双臂，迎风向她跑去，脚下突然磕绊了一下，摔倒在地。我从地上爬起来，再次向前方狂奔，一路跌跌撞撞地来到一座高山脚下。风戛然而止，珊珊的身影消失了……

在返回酒店的路上，我看到街边站着一个衣衫褴褛的乞丐。于是，我停下脚步，掏出我的钱夹，取出里面所有的现金，并摘下我手腕上的劳力士手表，那是我父亲送给我的结婚礼物，一股脑地塞给他，然后大步流星地离开了。

"嗨，先生！请留下您的姓名、地址和电话号码，好吗？"我听到他在我身后大声喊道。"你为什么要这样做？"

"是珊珊让我这样做的。"我大声对他说。

"珊珊是谁？"他大声问道。

"她是上帝派来的天使。"我答道。

他站在那里，目瞪口呆，满脑子的问号和惊叹号。

第二十三节　"人生是歧途"

经过一年多的痛苦和悲伤之后，我终于学会了将眼泪默默地往心里流。我决定重新振作起来，在社区公益活动中寻求自己的心灵慰籍。中国知名作家刘亚洲先生曾经说过："我们虽然无法选择天生聪慧，但我们可以选择有一颗善良的心。"

于是每逢周末或公众假日，我便去儿童福利院，为那里孩子们读书，讲故事，在花园里陪同他们玩耍嬉戏。仿佛他们就是我的孩子，哦，不对，是珊珊和我的孩子。我也常去老年福利院，为那里的老人们洗脚，洗脸和梳头。我觉得他们仿佛就是老年的珊珊和我。每当遇到老年人和孩子们穿过马路时，我时常去搀扶他们。他们会报以发自内心的微笑，就像珊珊的笑容一样。

事实足以说明一切。当你用善良和关爱对待你周围的人们，你会感到你周边的世界变了，你的心情也会随之改变。

两年之后，在珊珊二十五岁生日之际，我来到了她的家乡，与珊珊如期约会。当我返回酒店时，一位西装革履，打着领带的男士在马路边拦住了我。

"先生，你还记得我吗？"他一边问，一边从衣服口袋里掏出一块手表给我看。

嗯？那曾经是我的手表。我盯着他看了一会儿，突然想起他就是两年前，我在路边遇到的那个乞丐。

"我已经在这里等候你两年了，同样的时间和同样的地点，你终于出现了。"他喜笑颜开地说。

　　心之所愿，无所不成。他告诉我说，他用当年我给他的钱购买了一些优质良种鸡，并开办了一个养鸡场。经过两年的努力奋斗，他的生活已经发生了巨大改变，接着，他伸手从包里取出厚厚的一迭人民币现钞。

　　"这是你两年前借给我的钱，连本带利，一共三万元。请你收下，这是我欠你的钱。"他一本正经地说。

　　"我不需要这些钱。请把它交给更需要的人，就像两年前的你一样。"我一边说，一边大步走回我下榻的酒店。

　　后来，我听说他设法从酒店的前台得到了我的姓名和地址，并打电话给我单位的同事，得知有关珊珊的遭遇。于是，他前去拜访了珊珊的父母，捐给他们总共五万元人民币，希望那些钱能够帮助珊珊的两个弟弟完成他们未来的大学学业。我还听说，他的养鸡场经营地非常成功，规模不断扩大。他用自己挣到的钱帮助了许多贫困家庭的孩子们，资助他们完成了相关学业。

　　中国已故作家史铁生曾在他的一篇散文中写道："也许上帝设计了这歧途是为了做一个试验：就像我们放飞一群鸽子，看看最后哪只能回来。或者是对他的孩子们的一次考验：把他们放进龌龊中去，看看谁回来时还干净。"他的话千真万确。

第二部

"当我们正在为生活疲于奔命时，生活已离我们而去。"

——约翰·列侬

"人生的旅途无非有两种。一种是到达终点线。这样，你的人生中只剩下两件事，生与死。然而另一种是欣赏沿途的风景，体验你所经历的各种事情。这样你就会有一个丰富多彩的人生。"

——著名捷克裔法国作家，米兰·昆德拉

第二十四节　深圳

1990 年 10 月。

我已经来到中国南方城市——深圳已近三年，现在一家跨国公司任职，担任公司运营总监丹尼尔·莱特先生的英语翻译。他是一位来自美国麻省理工学院的博士。

深圳是一座美丽的海滨城市。蓝天，白云，青山，绿水、阳光，沙滩，加上现代化的摩天大楼和宽阔笔直的柏油马路，所有这一切构成了一座崭新而又年轻的深圳。然而，比起邻近繁华忙碌的香港，它当时更像是一个宁静的郊区。

一天傍晚，我们的中方合作伙伴邀请丹尼尔·莱特先生参加他们举办的一个晚宴。他们热情友好，将美国客人奉为座上宾。晚宴的一切安排地尽善尽美，但唯独有一点美中不足，那就是他们忘记准备英文菜单。因此，我不得不将侍者们端上餐桌的每一道菜，根据他们告诉我的中文名称逐一翻译给丹尼尔·莱特先生。

第一道冷菜被端上桌时，侍者用中文说："这是夫妻肺片。"于是，我用英文翻译给丹尼尔·莱特先生说："这是一对夫妻的肺部切片。"然后，第二道菜被端上餐桌时，侍者说："这是麻婆豆腐。"于是，我又用英文告诉丹尼尔·莱特先生说："这是一位麻子脸婆娘制作的豆腐。"听到这些中餐菜名的英文翻译后，他脸上的笑容消失了。随后上来的是"麻辣肚丝"和"红烧狮子头"。接着，其它菜肴，诸如"炸猪肾"，"炸猪肝"，"鸭爪汤"，"炖猪蹄"等一盘接一盘地被端上餐桌。这位美国博士被这些过去从未听说过，也从未品尝过的古怪菜肴吓坏了。

我向丹尼尔解释说，我们的中方合作伙伴非常好客。他们点了一些独具特色的中国菜肴以表示他们的敬意。这就好像是健美运动，锻炼大肌肉群很容易，可是将小肌肉群锻炼得强壮而又美观却很困难。我们的合作伙伴认为，将猪肉和牛羊肉烹饪成美味佳肴很容易，但将它们体内其它器官，如内脏、大肠等做得即好吃又可口却很难。这是一项高技术含量的工作，我们国人为此感到非常自豪。

最终，这位满脸困惑的美国佬几乎未吃任何东西。我意识到我可能把事情搞砸了。

晚宴结束后，在返程的路上，丹尼尔·莱特先生邀请我与他一起去麦当劳吃快餐。由于我忙于翻译他与中方合资伙伴之间的谈话，基本上也没吃什么东西。我们两人都感到饥肠辘辘。

在就餐的同时，丹尼尔·莱特先生向我讲述了他许多年前在日本的亲身经历。他曾被邀请在日本东京的一家餐馆品尝"女体盛"，俗称"人体寿司"，就是一群男人围坐在一位仰卧在餐桌中央，身体全裸的少女身旁，品尝摆放在她身体上各种寿司的奇葩习俗。

"那是我一生中所参加过的，最令人作呕的晚宴。"他回忆说。

吃完正餐后，我前去柜台准备买两份草莓圣代作为餐后甜品。正在那里排队等候时，我注意到一位年轻的中国母亲买了一份巨无霸汉堡。然而，在离开柜台之前，她将夹在汉堡包中间的牛肉饼取出，大口咽下。

我买完冰淇淋后，恰好路过她的餐桌。我看到她正在盯着她的小男孩艰难地吃着那份没有牛肉的汉堡包。

"亲爱的，好吃吗？"她问小男孩。

"一点也不好吃，妈咪。"小男孩回答道。

"电视上的广告都是骗人的，往后你还来这里吃汉堡包吗？"妈妈问。

"我再也不来了。"小男孩用力摇摇头说。

"好孩子，真乖！"妈妈夸奖儿子说。

听到他们母子之间的对话，我目瞪口呆。那位中国母亲为抵制西方快餐食品所采取的独特方式，令人瞠目结舌。她真是太有才了！

半年之后，我被晋升为公司销售部培训经理。有一次，我们特邀了一位日本技术人员来我们公司培训，目的是为酒店清洁人员详细讲解并示范如何正确使用我公司清洁产品。在一家酒店的现场培训中，那位日本技术人员熟练地清扫完酒店客房，随后又走入卫生间，将里面的地板和其它卫生设施迅速清洗了三遍，最后来到座便器前，里里外外共清洗了七遍。然后，他弯下身用杯子从座便器内舀出一杯水，仰起头一口气喝了下去，以表示他的清洁工作完美结束。

"噢，天啊！"我心里想，"他是不是疯了？"

可转念一想，如果每一位清洁人员在她们清洗卫生间后都像那位日本人一样，从座便器中舀出一杯水自己喝下去，我想那她们一定会非常小心仔细，并且一丝不苟地进行她们各自的清洁工作。

我尊重那位日本培训技术人员，敬佩他的工作态度和职业精神。

当时，我的新任上司是一位年长的美国人。他曾在我们的印度分公司担任市场营销总监。如今，他来到中国，是为了进一部提升我们公司的销售业务。他是一位幽默风趣的长者，每位中国员工都非常喜欢他。与他在一起，你永远不会感到寂寞与无聊。

此外，他的太太已于四年前去世，我的妻子也同样。所以，我们两人同病相怜，一见如故。他特意为我取了一个英文名，叫乔治，大概他认为，我的大脑思维经常出现问题，需要好好"矫治"一番。

我记得，有一天夜晚，我宿舍里的电话铃突然响了，是他从日本东京成田机场打来国际长途。

"嗨，乔治，我正在这里排队等候登机。我前面站着一位非常漂亮的日本靓妹。"

"什么？你凌晨四点钟打电话来，就是为了告诉我这件事吗？"我躺在床上抱怨说。"哈哈哈哈！"他笑着挂断了电话。

每到星期五下午，公司的员工们都兴高采烈，有说有笑地下班，回家与他的父母或家人团聚。此时，我的上司会邀请我去他的办公室。我们站在一幅挂在墙上的中国地图前，仿佛那是一幅当年海盗们的探险寻宝图。

"乔治，我们这个周末去那里？"他问。

"我们去肇庆吧，那里离深圳不远。"我建议道。

第二十五节　肇庆之旅

　　第二天上午八点，我们已坐在了驶往广东肇庆的吉普车内。我们的司机经过连续三个小时的驾驶，终于抵达了肇庆市，那座著名的七星岩牌坊首先映入我们的眼帘。

　　七星岩位于肇庆市的城北约 3 公里处，旅游历史可追溯到一千多年前。1982 年七星岩和鼎湖山合称为"星湖风景名胜区"，被国务院列为首批国家级重点名胜区之一。1999——2000 年星湖风景名胜区先后被评为"国家重点风景名胜区"、"全国十大文明风景区示范点"、"国家 4A 级景区"。

　　"星湖"最早的文字记载是在明代崇帧年间，已有 350 多年历史。它由五个湖组成，呈星形，因此而得名"星湖"，总面积约为 6.49 万平方米。

　　当我们步入公园时，发现七星岩实际上是由七座石山组成，占地面积约八平方公里。七星岩共有七座岩石山峰，呈两列长条状，南列自西至东为石掌、蟾蜍、天柱、石室、玉屏阆风，北列为禾枪、阿坡。它是典型的喀斯特地形，看起来很像中国广西的桂林。其中，天柱岩高约 114 米，峰顶上的摘星亭是七星岩最高建筑物，半山上的天柱阁可提供食宿。

　　随后，我们来到了"千年诗廊"，它以"摩岩石刻"而闻名。七星岩的摩崖石刻主要集中在石室岩的龙岩洞外及莲花洞。自唐宋以来，历代诗人墨客在此赋诗题字者络绎不绝，现存有摩崖石刻 410 余件。它使人恍如置身于碑刻书法的艺术宫殿。鉴于其特殊的文化价值，在 2001 年，"千年诗廊"被列为全国重点保护文物。

接着，我们又来到了始建于明嘉靖年间（1522——1566）的"水月宫"，在那儿小憩片刻。

我们游览的下一座石山叫"阿坡岩"。相传有一位仙女，在这里教打渔为生的乡民种植水涨禾高的大禾，使四乡获得鱼稻双丰收。她离去后，乡民尊她为"禾后"、"禾婆"（阿坡的谐音）。岩山东北麓还有明代雕刻的"禾后岩"三个大字。

岩下的溶洞全长 300 多米，是七星岩"八洞"中最长的一个水洞。我们乘船进洞探胜，发现里面的钟乳石千姿百态，令人叹为观止，仿佛是来到了龙王的宫殿。龙王是中国古代神话中的雨神。

尽管我耐心地用英文向我上司讲解，他依然有诸多困惑，例如，为什么古代中国文人或官员喜欢在天然岩石上凿刻书法或题词？为什么他们喜爱在美丽的自然山水之间随意修建各种楼台亭阁或其它建筑物？我告诉他说，我也有同样的困惑。我认为任何人为的干扰或破坏都是对大自然的不敬与亵渎。

我记得，已故印度哲学家基督·克里希那穆提先生曾经在他《关系的真谛》一书中写道："你改变不了一座山的轮廓，改变不了一只鸟的飞翔轨迹，更改变不了河水流淌的速度，所以只是观察它，发现它的美就足够了。"这似乎与中国道家的思想不谋而合。

第二十六节　梦幻三峡

"五一"假期前夕，我再次被请到上司的办公室。

"乔治，这个假期我们去哪里？"他问。

"三峡"我手指着墙上中国地图中的一个地点说。

"好，我们明天就出发。"他高兴地说。

于是，第二天，我们一起乘飞机前往重庆市，在那里搭乘游轮，沿着长江顺流而下。

三峡是长江上最壮美的一段河流，两岸是令人惊叹的奇峰峻岭。三峡江段因岩石结构多样，使得峡谷有的地方宽阔，有的地方狭窄，差异惊人。有些山峰高出江面 500 多米，有些甚至在 1000 米以上。江水飞流湍急，惊涛拍岸，掀起堆堆白浪，气势磅礴，景色蔚为壮观。

从白帝城至巫山县大溪镇这一段被称为瞿塘峡。瞿塘峡是最小、最短的一段，约 8 公里，两岸岩壁矗立，江面狭窄，此段长江之水湍流疾驰，因而造就了瞿塘峡的险峻和闻名。长江在这里的流水强大迅猛，如同宋代诗人苏东坡所描写的那样"纳万顷于一杯"。

穿过瞿塘峡，随即映入我们眼帘的便是巫峡。巫峡蜿蜒 45 公里，两岸青山不断。雄伟的峭壁与众不同，高耸而光滑，就好像是用利剑劈砍而成。陡峭的悬崖、倒挂的岩石、弥漫在山与峡谷之间的云雾之中，这些使得巫峡充满了神秘的色彩。如一位古代诗人所云，放舟下巫峡，心在十二峰。"那些探索十二峰魅惑的人们都会期待一睹它的盛景和探寻其美丽的传说。

西陵峡顺接巫峡江水，长 66 公里，两边的悬崖超过了 900 米高度。实际上，它是由一些小山谷聚集而成的，峡谷中有许多浅滩、暗礁、急转弯和漩涡。在这一河段，江水非常狂暴，在洪水季节，整个江面看上去像是煮沸了一般。

这里有一个著名的浅滩叫"新滩"。在干旱的季节里，它非常危险。除了浅滩之外，西陵峡还以它可怕的漩涡而闻名于世。这些漩涡通常出现在峡谷的急转弯处，其中最可怕的是"莲沱三旋"。这三个漩涡接连出现。在雨季，激流的咆哮声音甚至传至几公里之外。

从重庆沿着长江顺流而下，直至湖北宜昌，我们欣赏到了三峡秀丽壮观的风景，以及它灿烂的文化遗产和当地民间传说。该游轮旅游线路将自然风景观光和地质科学、民俗民间艺术考察融为一体，是国家的重点推介旅游项目。

由险峻的瞿塘峡、神秘的巫峡和险恶的西陵峡组成的长达 193 公里长江三峡是世界著名大峡谷之一。三峡壮丽秀美的自然景色使我暂时忘却了珊珊的不幸离世，也舒缓了我内心的悲伤。

离三峡开后，我们又游览了著名的"小三峡"，它甚至比长江三峡的景色更加葱郁秀丽。小三峡地处风光秀丽的大宁河两岸。大宁河是长江最大的支流，发源于大巴山脉，全长 250 公里。在其下游处，大宁河蜿蜒 50 公里，流经龙门峡、巴乌峡和滴翠峡谷，最终在长江巫峡的西口流入长江。由于它两岸的秀丽群山、陡峭悬崖、湍急河流和清澈河水，以及怪异岩石和奇丽的风景，小三峡被誉为是中国最好的自然风景旅游胜地之一。

领略了大自然的美丽和神奇，我才觉得在这个世界是值得好好生活下去的。尽管我失去了我心爱的妻子，但我至少还可以领略大自然的无限风光和它带给我们心灵的美好体验。

顺便提一下,我们的导游小姐。她是一位青春靓丽的女孩,大约二十岁左右。她有一对动人的大眼睛和被阳光深情过亲吻的小麦色皮肤。她负责安排我们的旅游线路以及食宿、船票、机票订购等事宜。我负责她与我上司之间的语言沟通。由于她是第一次接待外国游客,难免有些紧张。我努力配合她的工作,尽力让她放松心情。我们合作默契,相处融洽,很快就成了好朋友。

一天,吃完晚餐后,她伸手向我勾了勾她的食指,示意我过去一下。然后,她踮起脚尖,在我耳边轻声说:"对不起,由于我同事的一个小小失误,我今晚恐怕没有地方可以休息了。如果你不介意的话,我们可以共享一个房间吗?"

尽管我怀疑这可能是某种暗示,或者是一个聪明的鬼把戏。但我宁愿相信她讲地是真话。

"可以,如果你不介意的话。"我安慰她说。

"谢谢你!"她调皮地眨了眨眼。

"请把你的行李给我。我帮你拿到房间去。"我对她说。

"你真好!她一边说,一边欢快地跟在我身后。

进了酒店房间后,我放下行李,然后我们一起计划第二天的旅游行程。晚上十点,我们分别沐浴后,各自上床休息。

由于有些疲劳,我向她道过晚安后,很快就入睡了。

然而到了半夜时分,我感觉有人悄悄钻进了我的被子,睁眼一看,原来是她!

她说自己感到有些寒冷,希望能和我睡在一起,温暖一下身体。

她皮肤光滑,身体柔软,大腿触摸起来像绸缎一般丝滑。在她性感身体的诱惑下，我感觉体内的荷尔蒙开始萌动……

第二天清晨醒来时，我向她道歉说："昨晚，我恐怕让你失望了吧？"

"哪里？没有啊？"她惊奇地说。

我向她解释，我数年来一直是个性无能患者，几乎没有触碰过任何女性。

"不，你昨晚表现很棒！"她兴奋地说。

"你不会是安慰我吧？"我半信半疑地问。

"没有，我是认真的。"她再次向我确认。

我不由松了一口气。

当我们在浴室一起沐浴时，她似乎对我的双脚特别感兴趣。

"你的脚真好看，很酷！"她告诉我说。

然后，她极力建议我去做兼职脚模，如果我同意的话，她愿意当我的经纪人。而我对她的建议不置可否。

沐浴之后，我们又回到床上。在她的百般怂恿下，我们又巫山云雨了一番。我必须承认，她的床上功夫堪称一流。她柔软的身体，热辣的嘴唇，以及她温暖滑腻的爱之隧道给我留下深刻的印象。

然而，一回到深圳，我就将她以及她那可笑的建议全都忘在了脑后。我心里依然思念着珊珊。

第二十七节　魂归九寨沟

国庆假期，我陪同上司乘飞机抵达地处中国西南部的四川成都，然后乘车前往著名的九寨沟风景区游览。

九寨沟是一个美丽迷人，风景秀丽的地方。大自然在此显示了它的原始之美和旺盛的生命力。九寨沟距离成都460公里，它是镶嵌在四川省西北部阿坝藏族羌族自治州的一颗闪耀发光的宝石。

在 1992 年，联合国科教文组织将九寨沟列入世界自然文化遗产名单，从此九寨沟也成为了世人熟知的宝贵自然财富。

据传，九寨沟最初是被一群伐木工人无意中发现的。当他们被派往九寨沟砍伐木材时，惊奇地发现那里的自然风景异常美丽。因此他们不忍心玷污那里的原始自然之美，选择去了其它地方。

当我们抵达九寨沟时，发现确实如此。它的美丽远远超出了我们的想象，它是大自然对人类的慷慨馈赠。任何对它的亵渎或人为破坏都是一种不可饶恕的罪过。

九寨沟，按照其字面的意思是"山谷中的九个村庄"。它是根据位于山谷中九个藏族风格的村庄而命名的。九寨沟以高山湖泊、瀑布、急流、雪峰、森林还有西藏民间习俗为显著特征，那里有114个高山湖泊和17个大小不同的瀑布，湖水晶莹剔透，清澈见底。

九寨沟最典型的风景是它奇异的水景和原始森林。俗话说得好："黄山归来不看山，九寨归来不看水。"就水景而言，那里有令人惊奇的高山湖泊、池水、瀑布、泉水以及浅滩。那里的水质清澈、纯净，从未受到人为的污染。

水被认为是九寨沟的灵魂，也代表了迷人的湖之灵魂，而开阔的急流和无数的瀑布也使得它们变得更加引人入胜。湖水和池水的颜色变化莫测，甚至在一天的时间里也不尽相同，其中最有名的是五彩池。它展现给我们的是一幅波光粼粼的绚丽美景。那里的双龙海、金铃海、老虎海、镜海和熊猫海，都是令我们留恋忘返的迷人景致。

我们被九寨沟的自然之美深深吸引，尤其是其令人赞叹的自然水景奇观。我意识到自然界中没有胜利与失败，只有更替。冬天让位于春天，夏天让位于秋天。每一个季节都有自己的色彩和美丽。正如戴维·梭罗所说："万物不变，是我们在变。"

然而，在我们尽享大自然的慷慨馈赠之余，我还收获了另外一份惊喜。我们来到九寨沟风景区的第二天傍晚，在我下塌酒店的大堂里，差一点与一位年轻少妇迎面相撞，抬眼一看，对方竟是我多年前的的同窗好友，虽然当年我们还不满十四岁，正在读除中二年级，可是因为好奇，我们曾试图初尝禁果，但结果令人失望，以完败告终。但毕竟是人生第一次，我们两人对此仍然记忆犹新。谁也没有忘记对方。十几年后，我们再次相逢，可谓是又惊又喜。她告诉我说，这次一个人来九寨沟是因为刚与前男友分手，独自来这里疗伤。真是无巧不成书。我告诉她，我因妻子意外去世，心情不好，所以和公司同事一起，也来这里疗伤。于是，我们同病相怜，决定一起结伴同行。傍晚一同吃过晚餐后，我们分别回房间休息。

半夜十一点左右，我听到有人轻轻敲门。

"谁啊？"我问。

"是我。"

听到那熟悉的声音，我轻轻把门打开。我少年时代的同窗好友，悄然走进房间。

"你一个人睡觉不寂寞吗？"她轻声问道。

"还好吧。"我回答说。

"难道你不想我吗？"她一面说一面坐在了我的床边。

我向她解释说，自从我妻子意外去世后，自己的情绪异常低落，几乎很少触碰别的女性，我怀疑自己已经是一个废人，一个性无能患者。

她听后嫣然一笑。

"你才二十多岁，年纪轻轻的。况且你身体也没有什么重大疾病，也未遭受过严重外伤，怎么可能会成为一个性无能患者？这在医学上几乎是不可能的。所以你不必过分担忧。其实，你这种病症很常见，大多数都是心理性的，不是器质性的。随着你的心情逐渐好转和身体慢慢康复，这种症状会自然消失。"她不以为然地说。

"你怎么知道的？"我半信半疑地问。

"你大概不知道吧，我现在是一名医生啊！"她回答说。

我听后才恍然大悟，心情立刻放松了许多。

"难道你不想借此机会，完成你当年尚未完成的美好愿望吗？不对，应该是我们的美好愿望。"她笑着问道，然后，调皮地向我眨了眨眼。

"我……我……"回想起了我多年前干的那次蠢事，我尴尬地不知如何回答才好。

几分钟后，我们又像十年前一样，相互拥抱着躺倒在床上。所不同的是，上次是我主动，她被动。而这次恰好相反，是她主动，我被动。

随然，她早已不是当年的花季少女，但毕竟才二十多岁，看上去依然年轻貌美，更添加几分少妇独有的迷人韵味。刚开始时，我还像个白痴一样，不知所措。但在一位职业医生的熟练技巧和心理引导下，我感觉自己在身体和心理方面的压力逐渐消失，当她用手不断抚摸我身体各处的敏感点时，我发现自己身体又恢复了过去曾经有过的那种感觉，呼吸开始变得急促，心跳慢慢加速，血液缓缓向下半身聚集，阴茎开始奇迹般地慢慢勃起。见到此状，她会心一笑，坐起身来，骑在我的身上，耐心引导我进入她的下体，然后，她身体不停地慢慢抽动，不一会儿，只听"啊"的一声，她仰面长舒了一口气，她高潮来了，没过多久，我的高潮也来了。在浴室简单清洗之后，我们又回到床上，相拥而卧，一同进入了梦境……

第二天早上，我们一起吃早餐时，我向她表达了谢意。她对我莞尔一笑。

"别这么客气，我只是想陪你一起，完成我们多年前尚未完成的美好宿愿，不然，我会后悔一辈子！"

第二天夜晚，我们又睡在了一起。这次我的身体状况好一些，心理方面也放松了许多。虽然还需要她的引导，但很快就进入状态，在她的默契陪合下，一共做了两次爱，她每次都达到了高潮，而我却只有一次。

早上醒来后，她高兴地说："我现在正式宣布，你已被基本治愈，再经过短期的身心调理，即可完全康复。"

"怎么调理啊，可以告诉我吗？我不解地问。

"晚上我再告诉你。"她微笑地回答。

于是，我们告别了九寨沟，又前往黄龙风景名胜区继续游览。它位于四川北部的阿坝藏族和羌族自治区，与九寨沟风景名胜区毗邻，因此处的古黄龙寺得名。

黄龙风景名胜区面积为 700 平方公里，其中，黄龙本部面积约 600 平方公里，牟尼沟部分面积 100 平方公里。黄龙风景名胜区的地质结构、冰川遗存、江源地貌保护完好，以彩池、雪山、峡谷、森林"四绝"著称于世。巨型地表钙华坡谷，如一条金色巨龙，蜿蜒于原始林海和石山冰峰之间，构成了黄龙景区奇、峻、雄、野的环境特色。

黄龙风景名胜区的海拔在 3000 米以上，区内雪峰林立。仅 5000 米以上高峰就有 7 座。最高峰雪宝峰为岷山主峰，海拔 5588 米，终年积雪。区内有珍贵的动植物种质资源，其中，高等植物达 1500 余种，多为中国特有种类，属国家一至三类保护植物的有 11 种；珍稀动物有大熊猫、金丝猴、牛羚、云豹、白唇鹿、红一腹角、藏马鸡等国家一至三类保护动物。

黄龙寺位于黄龙风景名胜区的顶端。寺南是雪山岷山主峰雪宝顶，海拔 5588 米，山上常年积雪。

黄龙风景名胜区于 1992 年被列入《世界自然遗产名录》。毫无疑问，黄龙风景名胜区之行为我们此次的旅行增光添彩。我们似乎身处梦境之中，感叹大自然的妙斧神功。

晚餐之后，我们来到新下塌酒店的房间内共同沐浴，洗去一天的疲倦与困顿，然后，早早就上床了。

临睡前，我问她："你还没有回答我的问题呢？你不记得了吗？"

"我当然记得呀。"她回答道："如果今晚在我的调理下，我们再做三次爱，并能够顺利达到高潮，依据医学标准，可以认定你无论在身体和心理方面均达到治愈

126

指标。"

"我不知道自己行不行，试试看吧！"我答道。

"老同学，你好好学着点儿。我今晚会给你做一些特殊指导和示范。这可是我们医生的隐私和独门绝技呀！若不是看在我们当年的情份上，我才不会与你分享哪！"她开玩笑地对我说。

随后，我们再次拥抱在一起热吻，相互抚摸，她用双乳贴在我的面部，乳头不断轻抚我的脸庞……

在她的引导下，或者更直接了当地说，在她的诱惑下，我全身热血沸腾，荷尔蒙飙升，迅速扑倒在她身上，开始了第一轮性爱，几分钟后，她的高潮就来了。休息片刻后，她起身拉我一同进入卫生间里的沐浴隔间，帮我脱下睡衣，认真地清洗我的下半身，尤其是外阴部，一丝不苟地把里里外外洗得干干净净，随后擦干，喷了些香水，又拉我回到房间。让我在床上躺下，然后自己转过身去，对这着镜子将长发在脑后扎成一个马尾发型，最后，再回到床边，分开我的大腿，用手轻轻抚摸我的私处，待其慢慢勃起后，她默默低下头用舌尖舔舐我的龟头，几分钟后，又将龟头放入她口中，一手握紧阴茎根部，用口部在阴茎上半半端上下抽动并不断吮吸……

此刻，我感到全身血液都涌上了头部，随着她抽动和吮吸的频率加快，我阴茎硬度越来越大，四肢开始发麻，变得酥软，尿道口分泌出少量无色液体……

作为医生的她，知道巅峰时刻即将到来。她侧身躺下，把我拉到她柔软的身体上，分开自己的双腿，用细嫩的手指引导我的下体插入她温暖润滑的爱之隧道。几分钟后，我的头部突然"轰"的一声，大脑一片空白，体内精液像一股热流，瞬间喷出，我的高潮率先到达。她紧紧地抱着我，感到她自己的阴道内已被我滚烫的精液彻底填满，于是，她的阴道开始不断地抽搐，收缩，然后"啊"地一声尖叫，全身紧绷，她的高潮也来了，高潮过后，她的身体又慢慢松弛下来，全身松软地瘫倒在床上……

几分钟后，她缓缓坐起身来，拍拍我的肩膀。

"亲爱的，你感觉如何？喜欢吗？"她问道。

"我第一次尝试这种做爱方式，还谈不上喜欢，但感觉很奇特！"我回答说。

"我们先睡一会儿，休息一下，下一次该轮到你了！"她吻了我一下，翻身倒下就睡了。

也不知又过了多久，她把我从梦中唤醒。

"亲爱的，快起来！"她催促道。

"现在几点了？"我睡眼惺忪地问。

"凌晨五点。"她一边起床洗漱，一边回答我的问题。

"让我再睡一会儿，好吗？"我恳求道。

"你不会像十年前那样，又想临阵退缩吧？她从卫生间里伸出头来，瞪大眼睛对我说："现在是你弥补当年过错的最佳时机，你明白吗？"

"好好好！我马上起床，可以了吧！"我终于妥协了，翻身起床，走进了卫生间。

当我在卫生间洗漱时，发现她在沐浴隔间里认真地清洗自己的身体，尤其是下半身和外阴部，然后出来用吹风机吹干自己的头发和全身，再穿上睡袍，走出了卫生间。

我在卫生间洗漱完，我也进入沐浴隔间，把自己全身上下冲洗了一遍，擦干后走出卫生间，发现她此时已经把床铺好了，并在床头摆好了靠枕，又在床头柜抽屉里取出一小瓶女用香水对着自己的外阴处喷了几下，然后半躺在床头静静地等待着我。

我缓步走到床边，俯身解开她的睡袍，她那洁白无瑕的玉体和丰满的乳房顿时显现在我的眼前。她面带羞涩，一把将我拉到她面前，迫不及待地分开了她白嫩的大腿，把我的面部拉近她的下体，恰好面对她的私处。我仿佛看到了一帧只有在日本三级片中才能看到的那种女性外阴部的近景特写镜头，清晰、逼真、刺激、震撼……

于是我低下头，开始用舌尖舔舐她的小阴唇，然后，又舔舐她的阴蒂，之后再加大力度不断吮吸她的阴蒂。她开始低声呻吟，阴道内分泌出大量无色透明液体，味道有点咸……

此时，我的下身也开始有感觉了，逐渐充血，变硬……

几分钟后，她迫不及待地说："亲爱的，快点上来，我想和你做爱。"说完之后，就一把将我拉到她身上，紧紧地抱住我的身体。我顺势插入了她了体内。只听她大声尖叫了一声，随即高潮就来了。她仰卧在床上，不停地大口吸气。过了好一阵子，她才缓缓地抬起头说："亲爱的，我舒服死了！你感觉还好吗？"

"我感觉很震撼，很刺激。"我一边说一边把她抱地更紧了。

"亲爱的，下次见到我，你再说自己是是一个性无能患者，我就拿刀杀了你！"她开玩笑地对我说，说罢就倒头睡了……

第二天，在机场与昔日女友吻别后，我与上司一同登上了返程飞机。在机舱内，我依然沉浸在与女友在一起的美好回忆之中……

当我一觉醒来，听到机舱内正在播放的嘈杂音乐声，不禁开始大声抱怨。一位漂亮空姐走过来，轻轻地帮我摘下戴在头上的耳机。我立刻感到脸上一阵羞红，忙不迭地向她表示道歉。

几分钟后，当那位漂亮空姐再次经过我身边时，我悄悄地对她说："如果你希望有一个幸福美满，而又充满激情和刺激的完美婚姻生活，从科学的角度讲，嫁给医生将是一个不错的选择。"

漂亮空姐听后，一脸茫然，转身默默地走开了。我想她大概认为我吃错药了，精神有问题……

第二十八节　"篮球皇后"

圣诞节假期到了，我的上司回美国与他的家人团聚。在此期间，我暂时接替他的职务，成为公司代理营销总监。

每个单身男人心里都有一个色情的梦，但我有不止一个。在一个周末的傍晚，我独自一人宅在寓所内，无所事事，便上网浏览，碰巧遇到一位名叫"篮球皇后"的网友。我们聊到了体育和篮球，相谈甚欢。于是她邀请我第二天下午在附近一家体育俱乐部进行一场一对一的篮球友谊赛。

"胜者享有选择餐馆和菜肴的权利，如果可能的话，还可选择两人是否在酒店同宿。输者则负责支付晚餐和酒店其它一切费用。"她提议说。

"没问题。"我欣然同意。

我暗自想："我将把她打得一败涂地。至于晚上是否留宿，那要看情况。如果她长得还算漂亮，OK，假如不是，我将支付晚餐的费用，然后，像一位绅士那样送她回家。"想到这儿，我得意地笑了……

第二天下午，我准时来到俱乐部的篮球场边，一边热身，一边等候"篮球皇后"的大驾光临。十分钟后，她终于现身了。我发现她身材高大，面容姣好，但她那肥硕的身躯着实让我大吃了一惊。她体重至少有 100 公斤。我心想："天啊！我是不是有点儿自不量力，钓到了一条连自己都吞不下去的大白鲸。"

当她做赛前热身时，我站在一旁仔细地打量着她。在我脑海中，她身上的衣服被一件一件地剥下，一幅由意大利著名画家提香·韦切利奥创作的乌尔比诺维纳斯的画面呈现在我眼前……

"喂，你还在等什么？"她把我从白日梦中唤醒。随后，我们的比赛开始了。

令我感到意外的是，她的篮球技术娴熟，身体移动敏捷，防守技术无懈可击。她可以轻而易举地用她那健硕的身体和肥大的臀部阻挡我的进攻线路。这完全不像是一场篮球比赛，更像是一场日本横纲级选手与业余选手之间的相扑比赛。

比赛结束前两分钟，我意识到自己有可能会输掉这场比赛，汗水开始从我额头上流了下来。最终，我以两分之差输掉了比赛。

在更衣室简单沐浴后，我们来到了一家豪华酒店内的日本餐馆。值得庆幸的是，她正在节食，仅点了一碗甜玉米杂烩汤。但我却饥肠辘辘，吃了很多。

席间，我得知她曾是一名职业篮球运动员，曾经在一家职业篮球俱乐部担任中锋。目前她已退役，在当地公安局工作，是一名女警官。

"难怪你球打得这么好！顺便问一下，我今晚需要留宿吗？"我小心翼翼地问。

"那当然。"她洋洋得意地说。

"那你随身携带枪支了吗？"我又问。

"你猜？"她调皮地回避说。

餐后，我们一起上楼去酒店房间。对我来说，是否留宿就像是一个哈姆雷特困境。

如果不留宿，我将违约。如果留宿，我打心眼里不愿意，尤其是陪着一位可能携带枪支的女警官。我一边上楼，一边思索着，活像一个逃犯，身后跟着一位高大健硕的女警察。

"如果你感觉累的话，我们可以改日再来。"我站在酒店房间门口，向她建议道。

"谢谢，我不累。"她一边说，一边用身体挡住了我有可能撤离的路线。

"或者，你想喝一杯饮料什么的……"

"我现在只想要你。"她打断了我的话，眼中闪过一丝狡猾的目光。

我终于意识到，我今晚铁定成了她的猎物，没有任何逃脱的可能性。

进入房间后，她不由分说地将我拉到床上，我们和衣进行了一次闪电式性交，英文称之为"quickie"。然后，她邀请我与她一同沐浴……

在浴室内，她脱下衣服，显露出高大性感、体态丰腴的庞大身躯。她的胸部饱满，乳房圆润，就像是一对硕大的葡萄柚。这在某种程度上勾起了我的情欲。此外，她臀部宽大，嘴大唇厚，两条大腿粗壮白嫩。哇噻！她简直就是一枚性感炸弹。当我们再一次返回卧室，她告诉我说，胜者有权选择性交姿势。于是，她选择了女上位，骑在我的身上，就好像一头大象骑在一只雄性幼狮身上。我知道我的梦魇终于开始了。

经过了好一阵床上翻滚和碾压，她的高潮终于来了，我感到自己私处和大腿间全是她的阴道黏液。而她则像一只饱餐后的大白鲸，瘫倒在我身上……

第二天清晨，我们又进行了一番巅鸾倒凤般的人肉大战。我像是一只被碾压在白色冰山下奋力挣扎的受伤海豚。

早餐后，我去前台结账，然后彬彬有礼地在酒店大堂向她挥手告别。我心中暗自发誓，从今往后，我再也不与陌生女人上床了。

第二十九节　"桂林山水甲天下"

翌年"五一"假期，我上司因公出差回美国总部开会，所以我独自一人乘飞机前往广西桂林旅游。在中国广泛流传这样一句话："桂林山水甲天下"。

桂林的岩溶峰林地貌，晶莹剔透的江水，经常浮现于中国艺术作品中，而神奇独特的洞穴更为桂林美景增添了特别景致。

桂林是中国的文化历史名城。最早的历史记载可追溯到 2000 年以前，早在秦朝，秦始皇就命令在桂林开凿一条连接湘江（长江的支流）和潭江（珠江支流）的运河，以连接中国两大主要水系，自此，桂林成为中国南方战略的重镇。

近千年来，桂林的奇山秀水吸引着无数文人墨客，他们写下了许多赞美桂林山水的脍炙人口的诗篇和文章，许多峭壁石刻碑铭流传至今。风景如画的桂林有着丰厚的文化底蕴，如明朝的石墓、散落街间的碑文雕像以及保存至今的古城原貌。

桂林属典型的"喀斯特"岩溶地貌。在几亿年前，这里曾是一片汪洋大海，海底积存了几千米后厚的石灰岩。在地壳运动中，海底的岩石突起，沧海变成了陆地。随后又经历了 7000 万年雨水的侵蚀和风化，逐渐形成了桂林今天的奇山秀水、山青水碧的秀丽风景，以及其石洞奇观。

我们乘游船从桂林沿漓江顺流而下，前往阳朔，这

30 多公里的美景是中国最美丽的旅游观光胜地之一。

　　桂林山水的标志性景观——象鼻山观首先映入我们的眼帘。象鼻山因形似一头伸着鼻子汲水的巨象而得名。顺江前行，我们看到左侧明朝修建的位于宝塔山顶的宝塔，在接近一条峡谷时，只见眼前陡峭的悬崖，这就是著名的"画山"，宛如一幅神骏图，斑驳有致。我们穿过画山后，就到了黄布滩，这里水面宽阔，碧水漫流。七座山峰就像是并肩而立的七位仙女。这就到了人间仙境——兴坪古镇，彩石山和青青翠竹环抱着这座古镇。告别了古镇，我们就到达阳朔了，这次梦幻水上之行也就圆满结束了。

　　俗话说："桂林山水甲天下，阳朔山水甲桂林。"正当我漫步在阳朔充满民族风情的商业街上，尽情欣赏街道两侧的自然美景时，突然有一个似曾相识的身影吸引了我的目光，走进一看，哎呀！是余老师，我中学时代的英语老师。余老师也马上认出了我，她激动地跑过来，紧紧地抱住我说："郝京，我亲爱的，真的是你吗？我终于又见到你了！"然后，她一把拉住我的手，边走边谈，不知不觉地来到她入住的酒店大堂。她将我暂时安顿在大堂酒吧内，为我点了一杯橙汁和一小盘水果沙拉及糕点。然后对我说，她上楼去自己房间简单洗漱一下，换件衣服，然后再下来陪我一起共进晚餐。说完后，她吻了我一下，匆忙转身离开了。

　　余老师早年毕业于福建泉州师范学院外语系，父母均为海外华侨。她身才匀称，肤白貌美，待人友善，乐于助人。我们大家都很喜欢她，私下里称她"虞美人"。因从小在海外长大，她能讲一口流利的英语和印尼语。当年余老师二十五岁，是我们的班主任兼英语老师。我十五岁，是班里的体育委员兼英语课代表。

当时，中国正处在"文革时期"，我父亲因遭受政治迫害而被发配到遥远山区的一个劳改营强制劳动。我母亲因受到父亲的牵连而过早病世。因此，我基本上就沦为一个无人照看的"孤儿"。于是，心地善良的余老师主动承担起照料我生活的职责。

平时，她带领我去学校教工食堂就餐，每逢周日或节假日，就来我家里为我做饭，洗衣服，同时还帮助我打扫卫生，有时还会帮我缝补衣物，拆洗被褥等，如此一来二去，我们之间的感情逐渐升温，渐渐由师生关系变成姐弟关系，又从姐弟关系变成了情侣关系。我们每日朝夕相处，形影不离。

有一次，我正在家里洗澡，被她无意中撞见。她什么也没说，径直走过来，帮我擦洗后背，然后是颈部。清洗过后，她又让我转过身来面对着她，然后再擦洗我的面部和胸部，最后，擦洗我的下身和腿部。在她柔软的双手不断抚摸下，我的下身当场就勃起了，心里像打鼓似的"砰砰砰"直跳……

"你自己先把身上擦干，然后进房间里等我，"余老师低声嘱咐我说，"我再烧点热水，也想洗一下。"

擦干身体后，我回到房间里，静静地躺在床上，耐心等待余老师。她一个人在外屋默默地烧完热水，倒入浴盆，然后开始慢慢清洗自己身体，擦干后，再将脏水倒掉，随后，她大声对我说："亲爱的，我快洗完了，马上就进屋。"

随着她穿拖鞋的脚步声越来越近，卧室门被推开了，她腰间围着浴巾，身上套了一件短袖 T 恤衫，头上包着毛巾，缓缓地走进来。

"不好意思，亲爱的，让你久等了。"她细声细语地说。

"没关系，我不着急。"我说，然后掀开被子，等着她上床。

见此，她迅速甩掉头上的毛巾，脱掉身上的 T 恤衫，解开围在腰的浴巾，冲过来扑倒在我身上。在她肌肤细嫩的身体触碰到我身体的那一刹那，我感到一种触电般的快感迅速传遍全身，我们紧紧拥抱在一起，快乐地呻吟着，身体不停地扭动着。当我身体翻转到她身体之上时，她激动地抱紧我，并分开了双腿，我迅速插入她的体内，当时就射精了。她先是一怔，倒吸一口凉气，全身一紧，"啊"的叫了一声，她的高潮也随之到来……

我们两人之间的第一次男女之欢就这样结束了，温馨而又充满激情。

在随后的一年多里，我们几乎每个周末都在一起，如胶似漆，携手相伴。

但令人遗憾的是，当余老师和我之间的恋情逐渐曝光，并开始迅速传播时，她于 1978 年年初，在改革开放的浪潮中，毅然移民海外，与她的父母再次相聚，并陪伴他们安度晚年。

而我也在当年夏季顺利考上大学。我们两人从此天各一方，再无任何交集。如今在风景如画，鸟语花香的阳朔不期而遇，再次相逢，真可谓是百感交集，一言难尽。

大约半小时后，余老师换了一身便装，略施粉黛，陪我来到二楼中餐厅。在我们共进晚餐时，余老师告诉我说，她这次返回国内，在与她当年的中学学生聚会时，得知我现在是仍然是单身一人。她告诉我说，她现在也是单身，已与前夫分手近两年时间。所以，她希望我今晚与她再度相约，重温旧梦。我对她说："我非常感激她当年对我的关顾，也非常怀念她。我们曾经是恋人，现在依然还是恋人……"

137

十分钟后，我和余老师已相拥在她的房间。虽然她比我大十岁，现已三十有余，但正值女性欲望的巅峰期。我们共同沐浴后还未上床，她的下半身就已湿润了，我们躺在床上，不停地亲吻和拥抱，当我轻轻抚摸她的私处时，她迫不及待地分开双腿，我插入她的身体，快速进出，她的呻吟和嚎叫声越来越大，只听"啊"地一声，她的高潮来了……

　　休息半小时后，我们的第二轮云雨之欢又开始了，不到三十分钟，她已经来了两次高潮，然后全身松软地瘫倒在我怀里。

　　她酣睡了一个多小时后，我们又开始了第三轮鱼水之欢，这次余老师的欲望似乎已处于接近满足的状态。我抱着她那丰腴性感的酮体，在床上巫山云雨，使出浑身解数，最终，她仅达到了一次高潮。

　　"亲爱的，我体内的爱液似乎已经流干了，下半身什么感觉都没有了，快感也消失殆尽。"她有气无力地说完后，翻过身去又睡了……

　　第二天清晨，余老师醒来后的第一句话就是："亲爱的，过去都是我给你洗澡。今天早上，请你也为我洗一次澡，好吗？"

　　于是，我抱起余老师走进卫生间，细心地为她擦洗了全身，包括她身体的性敏感部位，然后小心地为她擦干，又把她抱回床上。

　　"谢谢你！亲爱的，这是我多年来，洗得最开心舒畅的一次。"余老师高兴地对我说。

　　随后，我们拥抱在一起，开始新的一轮性爱。经过一晚的休息之后，余老师的身体感觉有所恢复，她又连续来了两次高潮，尤其是最后一次，我们双双进入了涅槃境界……

那天下午，在我离开桂林之前，余老师来机场为我送行，在候机楼出发大厅里，我们依依不舍地拥抱在一起。

"亲爱的，我会永远想念你，祝你好运，一路平安！"说完，她的眼框湿润了……

"余老师，谢谢你当年给予我的同情与关爱，我将永远牢记在心。"说完，我后退一步，向她深深地鞠了一躬。

余老师和我当年的师生之恋，虽饱受争议，但在我们两人心中，却刻骨铭心，永生难忘。在人性面前，任何脱离现实的道德谴责和评判都是苍白无力的，人类历史最终会证明一切。

桂林的大自然奇迹是如此的美丽，它给我内心带来了莫大的安慰。同时，我也衷心地祝福余老师身体健康，幸福美满，心想事成，万事如意！

在返程的飞机上，我遇到了一位印度年轻人，他坐在我旁边的座位上。为了排解旅途的寂寞，我们开始讨论中国与印度两国之间的文化差异。

"为什么中国人总是用筷子吃饭？"他问。

"那是我们祖先遗留下来的古老习俗。"我客气地回答。

然后他坚持说，用手吃饭才是最有效率的进食方式，并且不会受限于任何食物。一切食物都可以用手抓着吃，即方便又环保。所以，中国人应该向印度学习……

"那好吧，等我们下了飞机，我请你吃饭。"我打断了他的话。

"Okay！"他欣然同意。

因此，飞机一到达深圳机场，我便带他走进了一家四川麻辣火锅店。我想看看他是如何用手来品尝中国麻辣火锅的。

第三十节　西域净土——拉萨

　　夏季到了，我与上司一起前往心中向往已久的西藏拉萨，参观西藏人心中的神圣宫殿——布达拉宫。

　　纯净湛蓝的天空，雄奇壮美的神山圣湖，淳朴而彪悍的民俗民风，神秘而虔诚的宗教信仰以及曼妙生花的异域风情，这就是西藏，一个令人神往的地方。

　　西藏是世间的一方净土，也是最接近佛祖的地方。那里的天是那么湛蓝，云是那么洁白，水是那么清澈，这不就是天堂吗？拉萨河的日落，羊湖的妖娆，山南河岸里的沙洲，大片金黄色的油菜花以及绿色青稞等，这一切就像是一幅无边无际的彩色水墨画，让我不能不相信这里就是天堂。

　　很多人相信西藏是净土，是因为这里的信众，以及他们对神的虔诚信仰。西藏之所以感人，是因为有很大一部分人，无论生存条件多么恶劣，他们都相信神灵。

　　佛教自公元七世纪传入西藏以来，对西藏的文化产生了巨大影响。西藏的艺术、文学和音乐都含有佛教元素，就连藏传佛教本身，由于受到了萨满教传统和其它当地信仰的影响，也采取了一种独特的形式。

　　布达拉宫是西藏民众朝拜圣殿之路的终点。所有的藏民都视朝拜布达拉宫为他们终生的愿望。

　　我愿在此与大家分享一位西藏朝圣者的故事。他是一位贫苦的牧民。他携带着一生所有的积蓄，约一千元人民币，或者更准确地讲，140美元，从一个遥远的地方，拖着艰难的步伐，三步一叩首，用自己的身体长度丈量着西藏的高山与河流，希望能以此表达他真诚的信仰和对圣殿——布达拉宫的无比敬仰。最终，经过长途跋涉，他终于到达了布达拉宫。他将余下的钱全部捐献给那里的寺庙。然后，他踏上返家的路途，可他不幸死在了半路。临死之前，他感到非常地幸福与满足。

我觉得西藏是神用来测试众生的地方。因为身处苦难，你才会去相信；因为相信，你才会满足感恩；因为感恩，你才能和自己的心魔和平相处，从而获得幸福。这就是为什么有信仰的人无论在哪儿都能收获幸福。

我们的西藏之行使我感到了信仰的力量。它可以帮助人们获得心灵自由和灵魂的解脱。上苍总是眷顾那些心灵纯洁和诚实友善的人。

第三十一节　北京仿膳斋

国庆节期间，我上司的女儿和女婿来中国观光旅游，顺便看望他们阔别已久的父亲。

于是我陪同他们去北京游览观光。秋日的北京，天高云淡，秋风送爽。我们首先参观了北京故宫。也许是中国的文化历史悠久，博大精深，几个老外看得一头雾水，满脑子里全是问号。在离开故宫之前，我上司的女婿买了一顶中国文革时期流行的绿色军帽戴在自己头上。然后他自豪地对我说："我曾在美国的杂志上看到，毛泽东主席曾经戴过这样的帽子。"

中午，我们又去游览了北京的另一处皇家园林——北海公园，并在园内闻名遐迩的北京仿膳斋就餐。

自从有了皇帝和宫廷，就有了专门贡奉给帝王及妃嫔，乃至其他皇亲国戚的美食。皇帝凭借其至高无上的权力，可以享用到天下最好的美味，可以让最优秀的厨师进宫为其准备美味佳肴。因此，从某种程度上讲，宫廷美食展示了一个朝代最好的烹饪技艺。

坐落在北京北海公园内的仿膳斋，就是品尝中国原汁原味宫廷美食的最佳去处。它创立于 1925 年，最初是由几名宫廷里的御厨在清朝政府被推翻后开创的。"仿膳"在汉语里的意思为"仿照宫廷美食"，但这家老店提供的可并非仿制品。为了保留宫廷美食，已故的周恩来总理曾帮助其在全国范围内寻找曾在宫廷内工作过的御厨。现在仿膳斋里的主要厨师就是这些原御厨房厨师的第三代传人。仿膳斋的工作人员还多次前往故宫博物院查询与宫廷菜肴相关的信息。中国最后一位皇帝溥仪的弟弟溥杰也多次被仿膳斋邀请品尝菜品，以确保宫廷菜肴的原汁原味。美国前国务卿基辛格、德国前总理科尔以及其他一些名人都曾在此用过餐。

我们在仿膳斋品尝宫廷食品时，我突然想到凯撒大帝于公元前 47 年远征安纳托利亚时，曾说出一句流传千古的名言："我来到，我看见，我征服。"可现在我想说："我来，我吃，我折服。"折服什么呀？当然是中国宫廷美食啊！

谈到中国美食，让我来给大家分享一段中国古代美食家符朗的传奇故事。符朗是何人？他就是大名鼎鼎地输了"淝水之战"的符坚之侄，仗打败了，符朗投降了东晋。他的名声来自吃鸡，吃上一口，他就能说出这鸡是露天养的，还是笼子里长大的。这还不是最绝的，最令人叫绝的是吃鹅，一只烧得香喷喷大鹅上桌，符朗吃一口，哦，这儿长的毛是黑的，那儿长的毛应该是白的……

有人还真不信邪，弄了只杂毛鹅宰了，在不同毛色处做了记号，让符朗尝。符朗淡定地吃着，每一处竟然都能说对，你相信吗？不管你们信不信，反正我信！

第二天，我们又一同前往延庆居庸关，并在那里登上了八达岭长城。长城是世界上最伟大的人类建筑奇迹之一，于 1987 年被联合国科教文组织列入《世界遗产名录》。

长城就像一条巨龙，从中国的东部至西部，蜿蜒曲折约 6700 公里，横贯了沙漠、草原、高山与黄土高原。我们登上长城，极目远眺，看到山峦起伏，万物尽染。秋风将银杏树叶染成黄色，将枫叶染成红色，又将田野染成一片金黄。

　　我仿佛看到烽火台的硝烟升起，战火燃烧，成千上万古代的将士们挥舞着刀枪剑戟在山谷中厮杀，听到他们在战火中的怒吼和战马的嘶鸣……

　　中华人民共和国的缔造者，毛泽东主席曾在他的一首诗中写道："不到长城非好汉"。

　　于是我上司对我说："现在，我登上了长城，我也成为了一条好汉。"我心想，这都是一些什么乱七八糟的逻辑关系啊？

　　在返程路上，我们感到有些疲惫。于是我在路边食品店里买了一包中国地方特色小吃，名为麻辣牛板筋。我递给了我上司一片让他品尝。他咀嚼了好一会儿，然后一口吐出来说："这是一款口味非常独特的口香糖，请再给我一片。"他说。

　　我听后，顿时无语。

第三十二节　跨国公司任职

又过了大半年，我终于完成了我的 MBA 课程。于是，我上司正式退休，由我接任了他在公司的市场营销总监的职务。在一个热烈而又伤感的告别晚宴后，我上司与他的新婚妻子，一位长着一对水汪汪的大眼睛和优美长腿的中国年轻女士，双双前往大洋彼岸的美利坚合众国，开始他们的新生活。

第二年春天，我乘机前往菲律宾首都马尼拉，参加公司在那里举行的亚太区营销业务会议。当我到达马尼拉国际机场时，酒店派来的一辆豪华奔驰轿车正在机场出口处等候。司机接过我的行李，小心放入车身后面的行李箱内，然后打开右侧后车门，把我迎进那辆豪华轿车。

五月的马尼拉，已是夏季。我们的轿车行驶在马尼拉街头，南亚的旖旎热带风光和独特的民俗风情，给我留下了深刻的印象，尤其是那些在街头随处可见，独具菲律宾特色的彩色吉普车，当地菲律宾人称之为"吉普尼"，让我记忆犹新，至今难忘。

第二天，我一整天都在酒店会议厅里参加公司会议。傍晚时分，菲律宾分公司的总经理丹尼先生，身着菲律宾特色的塔加拉族彩色衬衫来到酒店。他向我们致以热情洋溢的欢迎致辞，并邀请全体与会人员出席他们公司举办的欢迎晚会。

菲律宾人在西班牙统治时期，深受拉丁人的影响，他们大多数人信奉天主教，天生浪漫，乐观开郎，热情好客，被称为是一个快乐民族的民族，英文称之为"a happy nation"。

在晚会进行中，一位漂亮的菲律宾裔混血女歌星应邀来为我们的晚会助兴。她为各位嘉宾演唱了几首歌曲后，又欣然来到了我的面前，用英文唱了一首中国民歌《茉莉花》。她看起来非常迷人。她那双美丽的大眼睛和热辣性感的身材，不由使我想起一个深藏在我内心深处的熟悉身影——淑娟。

"淑娟现在怎样了？她结婚了吗？"我暗自思忖。晚会后，菲律宾总经理亲自驾车把我送回酒店，其他嘉宾则搭乘一辆豪华中巴一同返回酒店。因时间尚早，才晚上九点多钟。我们便来到酒店大堂的酒吧，坐下来喝一杯果汁或香槟之类的饮料。这时，坐在邻桌的一位菲律宾小姐站起身来邀请我与她共舞。于是我站起身来与她一同步入舞池，翩翩起舞。

"先生，您来自哪里？"她一边跳舞，一边用英文向我问道。

"我来自中国大陆。"我回答。

"哦，我还是第一次与来自中国大陆的男士跳舞。"她惊喜地说。

"是吗？我也是第一次与美丽的菲律宾小姐共舞。"我说。

"请问您去过长城吗？"她睁大眼睛问我，"我听说长城是月球上唯一可以看到的地球人类建筑。"

"噢，非常抱歉。我从未到过月球，也不知这到底是真是假？"我诚实地告诉她。

"这是一个非常明智的回答。"她意味深长地笑了。

"假如你有机会到访中国，我愿意陪你一同去游览中国长城。"我客气地对她说。

跳完舞后，我向她致谢，并祝她晚安。

回到座位后，我们菲律宾分公司总经理向我使了一个眼色。

"我敢打赌，她喜欢上你了。你告诉她你房间号码了吗？"他问。

"哦，不好意思，她长得实在太漂亮了，我竟然把这事儿给忘记了。"我开玩笑地回答说。

回到酒店房间后，我彻夜难眠，倒不是因为那位迷人的菲律宾小姐，而是因为淑娟。我此刻非常想念她。

次日傍晚，我们全体与会者受邀参加在酒店露天花园举办的公司晚宴。我的一位泰国同事，是一位身材苗条，活泼开朗的年轻女士。她身着一件靛蓝色圆领紧身的泰国民族服装，就像中国傣族姑娘在传统节日时穿的那种民族服装一样。晚宴前，她腰肢纤细，腹部扁平。可晚餐之后，也许是因为吃了太多当地美食的缘故，她的腹部微微凸起。于是，我开玩笑地小声告诉了她，她听后不禁哈哈大笑。

我的另一位同事来自日本。他是一位中年男士，喝过几杯香槟后，酒至微醺。于是他站起身来为大家演唱了一首日本民歌《樱花》。他是一位真诚善良，诚实友善的优雅绅士。我们马尼拉的会议结束一周后，所有的与会者都收到了他从日本寄来的信笺，信中夹有一张他们全家身穿日本和服的全家福照片，我至今依然保留着那张照片。

各国人民总是热爱和平，友好相处。战争不过是政治家们的权力游戏而已。

第三十三节　与淑娟重逢

回到国内，我时间表上的第一件事就是给我父亲打电话，询问淑娟的近况。我从父亲那里得知，淑娟已经被晋升为我们家乡矿区采煤集团的副总工程师，负责机电设备进出口。她的工作非常繁忙，经常出国考察或商务旅行。然而，最重要的是，她现在依然未婚。我对此感到非常庆幸。

我猜想她上午一定很忙，于是，决定下午再给她打电话。到了那天下午两点整，我拨通了她办公室的电话，听到几声嘟响，听筒中传来一个熟悉而又悦耳的声音。

"喂，你好，我是淑娟，请问你是哪位？"听到这久违的声音，我顿时哽咽，一时说不出话来。我手持话筒停顿了一会儿……

"郝京，是你吗？"她轻声地问道。

这就是淑娟，她知道我迟早会给她打电话。

"是的，我是郝京。你现在还好吗？淑娟，我非常想念你。"我哽咽地说道，眼里充满了泪水。

"你现在还在深圳吗？"她问。

"是的。"我回答。

"那好，我下星期将去香港参加一个煤炭机电设备展销会。这个星期日下午，我将前往深圳，下榻深圳香格里拉大酒店。

我们在那里共进晚餐，好吗？"

"好的。"我回答说。

"非常抱歉，我五分钟之后不得不参加一个重要会议，现在我必须挂断电话，星期日下午深圳见。"

　　"好的，不见不散！"我高兴地说。

　　一想到我将再次见到淑娟，我顿时感到兴奋不已。我给自己倒了一杯冰水，一饮而尽。

　　几天之后，在星期日的傍晚，我认真梳理装扮了一番，然后乘出租车来到深圳香格里拉大酒店。我看到淑娟站在酒店大堂中央，静静地等候。她脸上流露出那种职业女性特有的自信。她身穿一件深色晚礼服，戴着一串闪亮的宝石项链。她的长发被挽成一个时尚的发卷，盘在脑后，看上去温文尔雅。我大步流星地走上前去，向她招手示意。

　　"郝京！"她高兴地喊了一声，迎上前来，深情地拥抱了我。然后，她双手搭在我的肩上，上下打量着，眼中露出欣喜的目光。

　　"嗨，你看上去气色好多了。听你父亲讲，你现在已经是市场营销总监了，真的吗？"她高兴地问。然后不等我回答，她手挽着我的臂膀，愉快地带我来到二楼的西餐厅。在一位侍者的引领下，我们选择在一个安静的角落坐下。

　　入座之前，我取出藏在身后一卷报纸中的红玫瑰，微笑地递给她。淑娟脸上露出惊喜，高兴地接过鲜花。

　　"谢谢你的玫瑰！"她说道。

　　"可你比这玫瑰更美丽。"我看着她说。

　　淑娟的脸上略显羞红。"这是你第一次当面恭维我。尽管我不相信，但我还是喜欢听。"她微笑着说。

　　"我是认真的，淑娟。"我抗议道。

　　看到侍者殷勤地拿着一个玻璃花瓶走来，我暂时安静了下来。他把玫瑰花放入花瓶，并将花瓶轻轻地放在餐桌中央。

淑娟知道我是个吃货。她接过侍者递上的菜单，特意为我点了一份加大号晚餐，其中包括一盘西蓝花伴虾仁色拉，一盘什锦水果色拉，一份带骨牛排，一盘蛋炒饭和一碗牛尾蔬菜汤，可是仅为她自己点了一盘蔬菜色拉和一杯橙汁。很快，菜就上齐了。淑娟一边小口地啜饮着她的橙汁，一边看着我狼吞虎咽地吃下她为我点的晚餐。

"郝京，你还是老样子，一点都没变。"她笑着说。

此刻，餐厅的背景音乐恰好是美国著名女歌手卡彭特演唱的《昨日重现》。时光似乎倒流至十几年前那个寒假，当时也是淑娟看着我狼吞虎咽地吃下她带给我的午餐盒饭。

淑娟的容貌和体型变化不大，只是略显丰腴而已。如果当时她是一个美丽迷人的年轻姑娘，现在则是一位优雅的时尚女士。

吃完晚餐后，我感到有些尴尬。

"对不起，这好像是我一个人的晚餐。"我道歉说。

"没关系，我很高兴再次看到你的好胃口，"她停顿了一下，又继续说："吃完晚餐后，我想该轮到你吃我的时候了。你觉得我说得对吗？"

我立刻脸红了，心开始剧烈地跳动。"淑娟在任何时间、任何地点都知道我的心里在想什么。"我心里想。

"上楼去我房间吧。"她伸出手来拉着我的手说。

于是我们站起身来，手拉着手，一同走进了电梯间。

一进入房间，淑娟与我就紧紧地拥抱在一起，热烈地亲吻，然后迫不及待地脱下衣服，双双躺倒在床上。我们从未如此地疯狂过……

当淑娟的高潮到来时，她狠狠地咬了我的肩膀，并抓伤了我的后背。

疯狂的性爱之后，我们进入浴室。淑娟看到我肩膀上的咬痕和背部的抓痕后，感到非常不好意思，她轻轻地亲吻了我的伤口。

"对不起，我也不想这样，也可能是我们分开太久了，很久没在一起，所以我有点失态。"她尴尬地说。

尽管伤口仍然有些疼，但淑娟那丰满性感的身体使我暂时忘记了这些。她圆润的乳房，撩人的臀部和丰腴的胴体令我销魂不已，难以自拔。她站在浴室内热气腾腾的水雾中，就像一只站在湖畔晨曦中的白天鹅。

"这些年来，我心里一直牵挂着你，可你这小混蛋直到这个星期一才打电话给我。"她一她一面抱怨，一面用双手温柔地帮我擦洗身体。

"我以为你还在生我的气，并且早已嫁给了某位英俊而又有才华的成功人士。"我向她解释道。

"我也想啊，可忙碌了一整天之后，我不想有一位傲慢的丈夫在家颐指气使地指使我干这干那。此外，我也不相信任何男人。我能照顾我自己。"她一边说着，一边用双手把我的身子转过去，小心地帮我清洗背部。

"你也不相信我吗？"我问道。

"你是个例外，"她笑了。"我从小就了解你。再说了，你也不敢欺骗我，难道不是吗？"淑娟一边说，一边用手在我的背上轻轻地拍了一下。

"是的，我确实不敢。"我承认道。

她惬意地笑了。

"你先认真考虑一下。等下星期三，我从香港回来后，我们一起谈谈我们的未来。"她说。

然后，淑娟用毛巾帮我擦干了身体。

我们再次回到床上，淑娟和我拥抱在一起，开始了第二轮的床笫之欢。这一次我变得温柔了许多，轻轻地抚摸，亲吻着她。当我体贴地进入她身体时，淑娟愉快地呻吟着。

"你这小畜生终于学会了像绅士一样与我做爱。"她轻轻地拍了拍我的后背。

"这是因为我爱你，淑娟。"

"是吗？"她轻声地问。

我感到她突然抱紧了我，身体紧绷。她的高潮来了……

第二天清晨，当我醒来时，淑娟已经悄悄离开了。我看到床头柜上有一张纸条，上面有她工整的字迹。"别忘记在二楼的西餐厅吃早餐。我星期三傍晚回来。吻你！"纸条的下方印着她绛红色的口红印记。

第三十四节　与淑娟在一起

　　淑娟成长于一个单亲家庭，她天生聪慧、独立、自律。我父母很喜欢她，将她视为我们家庭的成员之一。我们曾是邻居，放学之后，淑娟经常与我在一起打扑克或下跳棋。在十五岁时，淑娟就已是远近闻名遐迩的美人。无论她走到哪里，总是像磁石一般，吸引着男孩子们的目光。

　　十七岁时，淑娟去外地读大学，只有在寒暑假期间才会回来。而那时，我正在当地寒暑假期的篮球训练营参加训练。每次遇到她时，我总是大汗淋漓，浑身脏兮兮的，有时甚至受伤，一瘸一拐地就像一个吃了败仗的伤兵。

　　在我母亲的葬礼举办时，淑娟特意请假回来，我们拥抱在一起痛哭。从那时起，她便把我视为她的小弟弟。我喜欢她在寒暑假期间帮我准备的食物，尤其是她烹制的菠菜伴意大利通心粉和意大利式馄饨。

　　我对淑娟的暗恋始于我少年时代，但我从未告诉过她。当她在家中更换衣服时，从未把我赶出房间，只是让我转过身去背对着她。听到她换衣服时的窸窣作响声，闻到发自她身体的淡淡幽香，我不由开始想象她性感迷人的身体，心里砰砰直跳……

　　淑娟的母亲是一名高级工程师，在一所大学里任教。她非常了解自己的女儿，知道淑娟是一个独立性很强的女孩，不愿依赖任何人。她认为我倒是非常适合她的女儿，尽管淑娟比我年长五岁，但我们两人一起长大，彼此了解，能够和睦相处，相互陪伴。

我父亲也非常喜爱淑娟。他希望我能像淑娟那样，成为一位理性、聪明和自律的人。可令我父亲懊恼的是，我最终却变成了一个恰恰相反的人，任性、冲动、脑子里充满了不切合实际的幻想。失望之余，我父亲放弃了培养他自己的儿子，开始全力辅助淑娟成为一名优秀的工程师，希望她今后能成为自己的接班人。如果我父亲知道淑娟能够与我喜结良缘，他将再高兴不过了。

在淑娟返回深圳之前，我有三天的时间需要打发。她走后，我内心有些空虚。等待她的归来仿佛是一种无形的折磨。

三天之后，淑娟终于从香港回来了。当我再次看到她站在香格里拉酒店的大堂里，面带着微笑，我的心立刻融化了。这一次，她身穿一件浅色晚礼服，剪裁地非常合体，凸显出她性感的身段。我不由加快脚步向她走去，给了她一个热切的拥抱。她亲吻了我，用舌尖将她口中的一块太妃巧克力送入我口中。巧克力的味道非常香甜，我的心也是如此。

晚餐时，淑娟告诉我说，她已与英国一家矿业公司在香港签署了一份重要的商务合同。因此，她今后会常去香港以确保合同的顺利履行。这意味着我们今后会常在深圳或香港会面。

"这样，你将有机会细细地品味我的身体了，你准备好了吗？"淑娟半开玩笑说。

"这太好了！"我为这意外的好消息感到欣喜若狂。

晚餐后，淑娟带我回到酒店房间。沐浴之后，我们迫不及待地来到床上。

我很想对淑娟温柔一些，可我体内的荷尔蒙偏偏作怪，于是我又像一头猛兽一样扑在她的身上……

当淑娟高潮到来时，她又一次很很地咬了我。但这一次，我的背部幸免了。在我到达酒店之前，淑娟小心地修剪了自己的指甲。

当我们再次沐浴时，她看到了我肩膀上的咬痕，脸不禁又红了。

"对不起，我也不知道最近怎么了？也许这就是情真意切吧！。"她不禁笑了，轻轻地打了我一下。

"我也很对不起你，我很想温柔一点，可我无法控制自己。"我回答道。

回到床上，淑娟亲吻了我，然后贴在我耳边说："郝京，我喜欢你，不是因为你是谁，而是因为在你身边，我是谁。当我工作时，是另外一个人。但我与你在一起时，我觉得自己彻底放松下来了，只想着吃饭、睡觉和性，其它什么也不想。谢谢你！你是我的甜心！"

听到这儿，我又兴奋了起来。这一次，我温柔地进入她的身体。临睡前，淑娟又来了两次高潮……

第二天早上，在我们吃早餐时，我凝视着淑娟说："淑娟，我爱你。你愿意嫁给我吗？"

她犹豫了一下，伸手掩住我的嘴唇说："别傻了，你这小混蛋！我们必须面对现实。珊珊是你的妻子。你的心是属于她的。我并不指望得到你的心，但我渴望与你在一起的那种感觉。我知道你爱我。我也爱你。但我们可以像恋人一样生活在一起。你明白我的意思吗？"

她啜了一口咖啡，继续说："除此之外，我还想与你一起生一个孩子，我们的孩子。如果你愿意的话，那将是你送给我最好的礼物。我原计划是在早餐后与你讨论这个话题。"

"可你呢？这对你公平吗？"我失望地问她，对她的拒绝，我深感意外。

淑娟想了一下，回答说："请不要与我争论了，你听我把话说完。如果我嫁给你，这对珊珊不公平。我在香港反复地思考过。我想这大概是我们三人之间唯一的选择。如果你能想出一个更好的方案，我们下次再讨论好吗？"

"那么……"我话到嘴边，又咽了回去。我深知，当一位男士与自己心爱的女人发生争执时，应随时做好全输的心理准备，否则，你将会失去她整个人，包括她的心。所以，最终输的还是你自己。

淑娟似乎意识到了她的直率，随即降低了声调安慰我说："郝京，忘记我们之间的争论吧，我为自己的无礼向你表示道歉。"然后，淑娟伸出双手拉住我的手。我们站起身来，回到楼上房间。

在我们上床之前，淑静双手搭在我的肩上，眼睛静静地盯着我。

"请告诉我，你为什么爱我？"她问。

"因为上帝发现地球上没有漂亮女人，于是他创造了你，同时又发现地球上没有白痴，就顺便创造了我。不幸的是，那个白痴爱上了那位漂亮女人，并私下勾引了她。"

"是的，的确如此。"淑娟被我的无稽之谈逗乐了，她用力掐了一下我的脸颊，顺势把我推倒在床上……

整个上午，淑娟以一种异乎寻常的体贴抚慰着我，双手温情地抚摸我的全身，任由我在她丰满性感的身体上随心所欲，肆意放纵。

第三十五节　与珊珊梦中相约

第二天上午，我回到自己的办公室，靠在办公桌后的皮椅上，回顾与淑娟在一起的几天以及我们之间的关系。

聪慧干练的女人往往喜欢帅气听话的男人。这大概就是淑娟与我。从心理学角度讲，这可能是她母性本能或"未完成情节"的表现。在她的潜意识中，她把我视为她的孩子。在她容忍我孩子气行为的同时，她的母性本能也得到某种程度的释放。

此外，淑娟喜欢我对她的无条件服从。与我在一起时，她得到一种成熟和权威感。她个性独立，不喜欢傲慢专横的的男人。而我对她的依赖和顺从恰恰满足了她的交互依赖感，或者称为"关怀强迫症"的心理需求。

可对于我来说，我为什么喜欢她呢？这无疑是我的"恋母情结"在作怪，就像我的心理医生在多年前指出的那样。她的关爱和体贴给了我巨大的心理满足。

那么，与珊珊在一起时，我又是何种心态呢？我不得不承认，那是所谓的"英雄情结"所致。珊珊的性格甜美温顺，小鸟依人，对我具有一种磁石般的吸引力。与珊珊在一起，我总是有某种强烈的冲动去保护或关爱她。同时，我也喜爱她对我的依恋。

哦！不好意思。我突然想起来，这个星期日恰好是珊珊的二十八岁生日。我必须乘飞机去那座南方的美丽山城，与我亲爱的妻子赴约相见。

两天后，我又来到珊珊的故乡。那天，天空晴朗，空气清新，墓园内一片安静和祥和。我将一束鲜花放在珊珊的墓碑前，然后点燃了一炷香。

一缕青烟升起，像一条浅蓝色丝带飘向天空。我听到珊珊的声音从远处天空传来："嗨，我亲爱的丈夫，很高兴再见到你。"

一阵微风袭来，我的脸颊感到了她温馨的亲吻。"你最近还好吗？"她亲切地问。

我告诉她关于我最近的职务晋升，以及我与淑娟之间的关系。珊珊得知我与淑娟在一起，非常高兴，也为我重新开始了自己的新生活而感到欣慰。

"淑娟就像是我的姐姐。我相信她会在我不在的时侯，悉心陪伴你。请好好地善待她，别再伤她的心。否则，你不会再遇到像她那样关爱你的女人了。"珊珊笑着说。

"确实如此。"我承认道。

然后，我告诉珊珊，她的两个弟弟已经上了大学。一位慷慨善良的民营企业家支付了他们全部的学费和生活费。此外，她继父继母的健康情况有了很大的改善。他们正在家中安享晚年。

"谢谢你为我家人所做的一切，郝京。那你呢？你近来身体怎样？还好吗？"她问。

"我现在身体比过去好多了。"我回答道。

"请尽情享受你的人生，此外，我很高兴地看到你又快乐起来。请多保重，亲爱的。"她说。

珊珊似乎还想对我说些什么，但欲言又止。

一阵清风吹来，我仰起头，张开双臂。我感到了珊珊的亲吻和温情拥抱。

第三十六节　香港与澳门之旅

一个月后，我前往香港再次与淑娟会面。她将在那里与我一起共度周末，然后乘飞机前往德国参加商务活动。

在香港九龙香格里拉酒店大堂，淑娟安静地站在那里，身穿一件淡黄色丝质无袖长裙，戴着一串白色珍珠项链，足登白色高跟皮鞋。她的一头秀发梳成侧编发型，看上去温婉贤淑。一看到我，她脸上立刻绽出了笑容。当时是下午五点，离晚餐时间还有一个多小时。于是淑娟建议我同陪她一起去浅水湾游泳。她回房间换了一套浅色休闲服，然后，我们一起乘出租车经过海底隧道前往香港岛。

香港浅水湾在午后斜阳的余辉抚慰下，风和日丽，景色宜人。海浪轻轻拍打着岸边的白色沙滩，海鸟在空中自由翱翔。远远望去，烟波浩渺，海天一色。淑娟走到岸边沙滩，脱去外衣和长裤，身着一套奶白色比基尼泳装，迫不及待地冲向海边，纵身跃入水中……

见此情景，我也迅速脱去外衣和鞋袜，身穿男式平角泳裤，不顾一切地奔向岸边，飞身跃入海中，紧紧跟随在淑娟身后，在大海中劈波斩浪，尽情畅游。

半小时后，我们又携手回到岸边，一同坐在一块岩石上，眺望远方，夕阳渐渐沉入海平线，天空被染成一片绚丽的橙红色，整个海滨浴场显得格外宁静。随着天色渐暗，浅水湾被夜幕所笼罩……

我来到香港的第一个黄昏，一幅由浅水湾的蔚蓝色大海，白色沙滩，天边橙红色晚霞，以及我身旁身着白色比基尼泳装的淑娟而组成的优美画卷，在我面前徐徐展开，那是一个如痴如醉，充满浪漫色彩的傍晚。

　　在酒店用完晚餐后，我们沿着维多利亚海湾的星光大道漫步，眺望维多利亚海峡对面的香港中环，那里高楼林立，灯光璀璨。我心想，假如中国北宋时期的著名画家张择端还活着的话，香港维多利亚港湾的繁荣景象足以吸引他再描绘一幅现代版的《清明上河图》。

　　香港的经济繁荣是一个典型的人口密度经济学范例。商业、餐饮、金融、房地产和服务行业等在人口高度密集地区获得蓬勃发展，具有极高的经济效率和极强的发展优势。因此，它的繁荣是必然的，也是毫无疑问的，当然，某些不可言喻的政治干扰除外。

　　晚上九点后，我们回到酒店房间，淑娟和我一同沐浴后，双双仰卧在床上。令我感到惊讶的是，淑娟已将自己私处的毛发精心修剪成一个心形图案。她告诉我说，这个周末恰好是她的排卵期。如果我们同床的话，她很有可能会怀孕。我意识到这个夜晚将会变得非常特别。我们不仅仅是享受男女之欢，而且很可能会有爱情的结晶。

　　在床上小憩片刻之后，淑娟与我相拥在一起，亲吻，爱抚。她的指尖不停地在我头发间轻揉。当我进入她的身体时，我感到她的爱之隧道立刻变得温暖湿润。她双手轻柔地抚慰着我，身体默默地配合着我身体的每一个醇动作。过了一会儿，她突然呼吸加快，身体变得僵硬……

　　她的高潮来了，我也同样。淑娟紧紧地抱着我，臀部略微抬起，双腿紧紧地锁住我的下半身，希望我的精液能缓缓流入她的阴道深处，滋润子宫内守候已久的卵子。我们就这样静静地躺着，淑娟温柔地吻着我的双唇。"郝京，我感到今晚的一切都与往常不同，"淑娟凝视着我说。

"我也如此。"我回应说。

此时，我才真正明白爱与性的不同。我觉得爱比性更甜蜜，甜蜜一百倍。它会使两人的心贴在一起，生活变得更加甘醇。

我们下榻的九龙香格里拉酒店是一个五星级酒店，弥漫着一种水晶基调，酒店内银光熠熠，玲珑剔透，粲然生辉，完全可以用"奢华"二字来形容。可以看出，设计者和经营者煞费苦心，希望有无数的感动和快乐能够在这里发生。可问题是，奢华与快乐并无直接关系，至少对我是如此。我的感动与快乐多数来自于浅水湾的美丽风景和我身旁性感迷人的淑娟。

第二天上午十点，淑娟与我一同前往澳门旅游观光。大多数到过澳门的人都认同它是一个适宜旅游和生活的城市。整洁的街道和公园，风景如画的小山，明媚的阳光，清新的空气，绿茵的草地以及各式各样的美味食品，这些都给我们留下了深刻印象。

漫步在澳门，我们看到了众多历史和文化遗迹。观光景点遍布整个半岛。议事厅前地，及其周围环绕的简洁、优雅的葡萄牙式和巴洛克风格的建筑，是最繁华的市中心。以那个广场为中心，向四周辐射延伸的小巷里遍布着服饰店、古玩市场、药店、快餐店和首饰店，那里出售各种琳琅满目的商品。

向北步行，我们看到著名的"大三巴"遗址，即圣保罗教堂前壁遗址。它是澳门保存最好的古迹之一。在它右边是澳门博物馆，里面记载了城市的过去。而坐落在城市西南方向的朋哈半岛上，始建于明朝，供奉海神妈祖的妈祖庙，在传统节日里会迎来无数虔诚的供奉者。

半岛的南部是填海新地和外港。与传统的中西部相比，更多地体现了城市现代化的一面。那里有许多豪华的酒店、宾馆，开设了各式的赌场。每当夜幕降临，世界各地的宾客纷至沓来。那里为数众多的博物馆揭示了澳门的文化和历史，有澳门葡萄酒博物馆、澳门大赛车博物馆和澳门艺术博物馆等。

澳门的两座岛屿，凼仔岛和路环岛，由两座大桥（现在是三座）与澳门相连。岛上滨海风光宜人，是远离澳门喧嚣的好去处。澳门马术俱乐部的赛马比赛吸引了周边的赌客们。黑沙滩和竹湾是两处令人心旷神怡的海滨度假旅游胜地。

澳门也被称为"东方的拉斯韦加斯"，赌博业蓬勃发展。它成为澳门的一大特色经济。

可对我来说，给我留下深刻印象的却是澳门黑沙滩。在那里，海浪轻轻地拍打着岸边，几只海鸥在海面上自由翱翔，给晚霞中的黑沙滩增添了几许宁静与祥和。

晚上，我们入住澳门凯悦大酒店。淑娟和我又度过了一个温馨的夜晚，经过另一轮鱼水之欢后，在窗外不远处传来的海浪拍岸声中，我们双双进入了梦乡……

第二天早上，当我在酒店大堂办理退房手续时，略感疲倦。柜台收银员客气地问我是否有酒店会员卡，我摇摇头。然后她又问我是否用信用卡结账，我又摇摇头。于是，她开始用哑语对我做手势，试着与我沟通。

"对不起，我用现金结账。"我终于开口说话了。然而，她的职业素养和敬业精神着实令我钦佩。

离开酒店后，淑娟前往香港机场搭乘飞往德国的航班，而我则乘船返回深圳。

第三十七节　淑娟与我有了一个
可爱孩子

━━━━━━━━━━◆━━━━━━━━━━

　　回到深圳的第二天上午，我出席了公司常务会议，会议由公司总经理主持。

　　他刚从意大利休假回来，皮肤晒得黝黑。他早年曾就读于英国贵族学校，后来进入英国剑桥大学学习。他的父亲是一位英国贵族，母亲是一位优雅的法国女士。所以他拥有英法双重国籍，能同时讲英法两种语言。

　　他身材高大，英俊潇洒。当他脱掉西装上衣时，我们可以看到在他定制衬衫上，绣有他家族的姓氏。

　　在会议中，他听取各职能部门经理的业务进展汇报，部署下一步行动方案。会议休息间隙，他常去室外草坪散步，抽雪茄，十足的英国贵族范儿。

　　会议结束后，他邀请我们与他共进午餐，席间，他给我们了讲述一些他青少年时代的往事，并感慨地说，人生苦短，要尽情地享受人生。他讲一口流利的英语，但听起来更像是一个法国人在探讨人生。

　　下午，他巡视工厂，与工厂经理谈话，了解工厂运作情况，讨论工作中可能遇到的棘手问题。

　　我们都非常敬重他。他是那种支持型的上司，随时乐于帮助每一位下属。他工作中的一个重要部分，就是帮助下属解决工作中的困难，确保下属在工作中有足够的资源。他像长辈一样关心自己的部下。因此，一旦当他需要我们的时候，大家都会竭尽全力支持他。这就是他管理公司的方式。他是艺术家，公司是他的画布。

半年之后，我们的亚太区总裁退休了。据公司内部的一些消息灵通人士传言，我们总经理将会接替该职务。我们都对他有些依依不舍。

此外，自从那次港澳之旅后，淑娟怀孕了。我得知后非常高兴，并极力邀请她到深圳来分娩和休产假。她欣然同意了。

六个月后，我去深圳机场迎接淑娟，看到她肚子高高隆起，像一只企鹅一样缓缓向我走来。我原以为淑娟怀孕后会改变模样，身体会变形，但令人惊奇的是，她看起来反而更加迷人了。她的身体变得更加丰腴，皮肤愈加白腻。

傍晚，我时常陪淑娟去深圳荔枝公园散步。南方的温暖气候以及茂盛的花草树木使她倍感惬意。可一旦返回家中，她总是感到饥饿。我必须尽快出门购买她想吃的东西，否则，淑娟会随时改变主意，又想吃其它什么东西了。她喜爱的食品通常是鱼类或者虾类，有时则是日本寿司，北京烤鸭或广东烧鹅等。但她最喜爱的，却是我在她睡前轻轻抚摸她隆起的腹部。

周末，淑娟常去大型商场购物。我必须耐心地尾随在她身后，提着她所购买的各种物品。回到家后，淑娟会高兴地在床上摆弄那些刚刚买来的婴儿服装或玩具，脸上露出用语言难以形容的幸福与快乐。

有时我们会谈到孩子的未来。淑娟是一位不甘人后的女性。她对我们的孩子抱有很高期望。我静静地听她讲，尽量不与她争论。我尊重她的选择。

邻近分娩前的一个月，淑娟的母亲也来到深圳。她的到来帮了我的大忙。

我在家中的角色立刻变成了配角，主要是干一些体力劳动，或是出外跑腿之类的家庭锁事。

　　但是到了晚上，淑娟总是选择与我睡在一起。她的乳房开始肿胀，乳头开裂。她喜欢我在睡觉前亲吻她的乳头，直至她进入梦乡……

　　终于在一个下午，一辆医院救护车呼啸而来，将淑娟和她母亲送至深圳妇幼保健医院。当时，我正在公司会议室开会。待我下班后赶到医院时，淑娟已经被送入产房。我只好坐在门外等侯，内心难免有些紧张，为淑娟和我们即将出生的孩子感到担忧。

　　两小时后，产房的大门终于打开了，一位年轻的护士走了出来。

　　"祝贺你！孩子和母亲都无事平安。"她对我说。

　　"请问是男孩还是女孩？"我焦急地问。

　　"恭喜你！是个男孩。"护士回答道。

　　一个男孩，这太好了！淑娟一定会非常高兴，她一直期盼能有一个儿子。

　　几分钟后，淑娟和我们的儿子被推出产房。她看起来有些疲惫，儿子却紧闭双眼，完全不理会周围嘈杂的声响和众人关注的目光

　　经过一周的产后观察，淑娟怀抱婴儿在她母亲和我的陪伴下回到家中。从此，儿子成了我们家中的关注焦点。回家后的第一周，他每晚醒来四、五次，不停地哭闹。淑娟被他吵闹得无法入睡，精神几乎崩溃。但在淑娟母亲的指导下，我们渐渐有了一些经验。每晚，我们在他还未感到饥饿前就开始给他喂奶。另外，我们每隔两小时为他更换一次尿布。随着他的个人问题得到逐一解决，他夜间哭闹的次数明显减少了。淑娟也得到了更好的休息。

　　三个月后，孩子几乎一天一个样，每天都会给我们

带来惊喜。首先，他的目光开始跟随着大人的身影，在房间里转来转去。随后，他又开始发出一些我们听不懂的咿呀声。最后，他竟然学会了笑，随后是咯咯大笑……

又过了两个月，淑娟的产假快到期了，她不得不回去重新投入工作。而淑娟的母亲也将退休，帮助淑娟在家照顾孩子。

在深圳机场候机楼的出发大厅里，淑娟把头靠在我的肩膀上，有些恋恋不舍。

"郝京，谢谢你这几个月来对我的照顾。"她在我耳边小声说："我爱你。"

"淑娟，我也谢谢你曾经对我的关照。我如今是唯一被允许照顾你的男人，我对此感到无比自豪。"我回答说。

"你从哪里学会的这些甜言蜜语？"淑娟笑了，轻轻地打了我一下。

此时，我们的儿子在淑娟母亲的怀抱里哭闹了起来，寻找他的妈妈。淑娟匆匆在我脸颊上吻了一下，转身跑回去把儿子抱在怀里，用手轻轻地拍打着。

不久，登机时间到了。我站出发厅的入口处，向她们母女二人以及正在熟睡的儿子挥手告别，并目送她们走向登机口。到达那里后，淑娟转过身来，微笑地向我抛了一个飞吻，然后转身同其他乘客一起，登上了飞机……

第三十八节　辞职

回到公司后，我恰好路过新任总经理的办公室，他靠在皮椅上，双脚交叉翘在办公桌上，看上去悠闲自得。我停在他办公室的门口，探过身去，向他打了一声招呼。

那一年，我们公司的业务蒸蒸日上。公司产品在国内中高端市场均占据主导地位，订单源源不断。然而，有一天在公司常务会议上，我们的工厂经理提出了一项动议，目的是为了解决产品包装生产线的漏装问题。他提议聘请一位具有工业自动控制博士学位的高级研发工程师，为我们开发一种集成了图像处理技术、视觉技术和图像识别技术的高科技自动检测设备。该技术将帮助我们识别并剔除包装生产线的漏装产品。可是，这个研发项目将耗资一百万美元，时间长达半年之久。

总经理听后非常犹豫，一时难以做出决断。他靠在皮椅上，反复权衡着各种利弊。其他的参会者也未能提出更好的建议。

"如果你们不介意的话，我倒有一个主意。"我最终打破了沉默。

"请讲。"总经理说。

"我们不妨找来一台强力电风扇，安放在包装生产线旁，将那些漏装的空包装盒子统统吹走，仅此而已。"我故作满脸笑容，以免话语伤害到其他参会者。

所有人都转过身来盯着我，包括总经理，然后他们突然哈哈大笑起来。

会议结束后，我们一行人来到产品包装生产线旁，吩咐一位工人从仓库取来一台旧电风扇，接上电源，将风量开到最大。令人欣慰的是，这个方法竟然奏效了！

　　"乔治，好主意！"总经理拍了拍我的肩膀。

　　"我记得，有一位著名经济学家曾经说过，未经过实践的理论家们'就像是后宫里的太监，他们懂得爱情的一切，但什么也做不了。'"他开玩笑地说。

　　我们的新任总经理是一位生物化学博士，典型的英国绅士。他勤勉、克制、理性，我从未见过他当众发火。另外，他总是西装革履，打着领带，极具绅士风度。

　　他的前女友是我们公司总部的一位品牌经理，来自荷兰。她金发碧眼，气质高雅。年轻时曾是某欧洲著名洗发香波品牌的广告代言人。后来她又在一个亚洲电视频道上当过女主持人。她大概是我亲眼见过最漂亮优雅的西方女士。遗憾的是，他们两人最终分手了。

　　我们总经理在他离开中国之前，又结识了一位澳大利亚籍华人女律师。他们结婚时，我们前去香港参加了他们在那里举办的婚礼。

　　自改革开放以来，中国经济取得了长足的进步。可随着经济的快速发展，也出现了许多其它问题。如果没有健全的法制法规，市场经济并不是一剂万能药方。实际上，它更像是打开了一个潘多拉魔盒，自私和贪婪四处横行。尽管大多数中国人的物质生活有了很大的改善，但他们并不快乐。中国的经济增长过快，许多人在精神层面上迷失了方向。就像美国印第安人所说的一句谚语："如果人跑得太快，灵魂就追不上了。

　　从理论上讲，我们生产产品的目的是为了满足消费者的需求，使他们的生活得到改善或更加便利。而我工作的主要任务就是引导消费者，提高他们购买公司产品愿望。但有时，我发现公司个别经理故意夸大产品功能，误导消费者，引导消费者购买他们不需要的产品。

中国互联网上曾有一则民间笑话说："如果你绕着一棵大树，以超过光的速度裸奔，那么你一定会操到你自己。"的确如此，我的内心开始感到困惑与彷徨，自己的世界观和个人价值观开始动摇，用现在年轻人的话讲，就是"找不找北了"！

当一位韩国籍总经理来到公司任职后，事情开始变得更糟。他是一位工作勤奋，踌躇满志的工作狂，非常崇拜美国通用电气公司原首席执行官杰克·韦尔奇先生，并将他所撰写的自传《赢》奉为自己的圣经。他学习打高尔夫球，是因为杰克·韦尔奇喜欢打高尔夫。他要求我们在公司组建一支足球队，是因为杰克·韦尔奇曾经组建过一支公司橄榄球队。后来，他听说杰克·韦尔奇与他的妻子离婚了，可是不久后，他又迎娶另外一位女士。于是，他也与自己的妻子离婚，也想再迎娶另外一位女士，但不巧的是，没有女性愿意再嫁给他。对此，他始料未及，深感意外。

接管公司两星期后，他发现下属们从未在夜间或周末给他发送电子邮件。因此，他非常生气，抱怨我们从不加班。他似乎对韩国产品独有情钟，下令卖掉公司内所有德国和日本生产的汽车，换成韩国产品，其理由是韩国汽车更廉价。虽然我们公司是一家跨国公司，他却要求所有员工必须用双手与他握手。

在公司年度会议上，他提出了一个占领中国市场份额 100% 的宏伟目标。我们对此感到非常不可思议，怀疑他是否疯了。这就像一个乡下人想独占村庄里唯一的一口水井，希望独享这口井里所有的水一样。这不是雄心，而是贪婪。正是这种贪婪使他迷失了方向，也丧失了最基本的常识和判断力。

我记得，中国已故作家老舍曾经说过："奴隶制不会产生好的文化。它使人痛恨工作，使人想尽办法去偷懒儿。"三个月之后，我们的财务总监辞职了，然后我们工厂经理也辞职了。虽然我没有辞职，但我觉得这份工作已经变得毫无乐趣，完全是一种心理负担。到了年底，我终于受够了这位韩国总经理，决定离开公司。

我曾经是一位篮球爱好者，成长在一个关注结果的竞争氛围中，所有的努力都是为了赢得比赛。大学毕业后，在我的职业生涯中，我也奉行同样的理念。我喜欢竞争，也随时准备赢接挑战。但这并不意味着贪婪和无休止地加班，我认为应该更加聪明地工作，不断提高工作效率，而不是一味延长工作时间。但我不想在此展开一场孰是孰非的大讨论。这是一个企业文化问题。

两个月后，我应聘到了一家跨国石油企业担任副总经理。虽然石油行业与其它化工行业有相同的工业安全和环境保护意识，但它们所处的市场环境不同。在某种程度上讲，石油行业是一种资金和技术密集型产业，处在一个相对垄断的地位。企业利润主要是取决于油价，而油价又受到世界宏观经济形势和国际地缘政治，以及政治突发事件和战争等不可测因素的影响。

在 1997 至 1998 年亚洲金融危机期间，国际原油价格突然下跌了 63% 。我当时对公司的业务前景非常担忧。公司的总经理丹尼尔先生在他办公室里安慰我说，"嗨，乔治，请不必担心，我们不会破产的。这只是公司利润多寡的问题而已。"一年过后，果然正如他所预言地那样，我们很快度过了金融危机，金钱又滚滚而来。

在石油公司工作两年后，我前往英国伦敦去参加一个公司业务会议。会议结束后，我独自一人来到位于伦敦特拉法加广场旁的英国国家美术馆，有幸亲眼目睹了那幅世界著名的油画《镜前的维纳斯》。往事不堪回首，我不禁潸然泪下。它使我再次想起我亲爱的妻子，珊珊。假如她还活着的话，她的美丽胴体将与油画中所看到的维纳斯一模一样。

又过了一年，我恰好出差途径法国巴黎。当我在罗丹博物馆看到那尊世界闻名的雕塑《吻》，静静地矗立在那里时，我觉得那仿佛就是处在青葱岁月的珊珊和我……

当时，石油行业利润丰厚。石油企业的高管们又富又蠢，好大喜功。他们几乎没有任何成本控制理念。我与他们朝夕相处，虽然工作异常艰难，但收入不菲。

在那里工作了数年之后，我终于积攒下了一笔可观的收入，足以维持自己下半辈子过一个相对自由而又简单的生活。我记得，曾经有人给"富有"这个单词下了一个准确的定义："富有意味着你拥有一切你想要的，但却用金钱买不到的东西。"这话说得非常精彩！

我应当改变自己目前愚蠢的生活方式，提前退休。我认为现在是时候了。

傍晚，当我沿着海边散步时，我的思绪像放飞的鸟儿一样，飞向一个遥远的地方，那就是地处中国西南边陲的人间仙境——香格里拉。

中国著名出版人洪晃女士曾经在她的散文《我的三次幸福感》中说过："大部分人都认为只有得到才是幸福的，而那个春天我的确感受到舍弃能带来自由，而自由绝对能带来幸福。"她的话千真万确。幸福生活存在于自由和心绪宁静之中。那天夜晚，我第一次感到了轻松和释然。

人生有两条路，一条需要用脚走，叫作现实；一条需要用心走，叫作梦想。

两个月之后，我卖掉了自己在深圳的公寓，计划前往香格里拉去追寻我自己心中的梦，那就是追求大自然之美和人类灵魂之自由。

第三十九节　天上掉下一位小天使！

在珊珊三十五岁生日之际，我又来到了她的家乡，手持一束白玫瑰花。我站在她的墓前。小心地点燃一炷香后，我目送着那缕青烟徐徐升起，像一条蓝色丝带一样飞向天空。很快，一阵清风拂面而来，我感到了珊珊的亲吻。她甜美的声音从远处天空中传来。

"郝京，很高兴见到你。你近来好吗？"

我告诉了珊珊关于我辞职的事情，以及我打算前往香格里拉，在那里开始我的新生活。

"要是你能与我一起去香格里拉该有多好呀！我们可以并肩坐在房前的门阶上，一起看日出日落。"我对珊珊说。

"我可以想象出那是一个多么美丽的地方，只可惜我无法与你一同前往。假如你真地想念我，并感到孤单的话，我会送给你一个特别的礼物。"珊珊回答说。

"什么礼物？"我好奇地问。

"我想现在是时候把我们的女儿交还给你了。我相信，你与她在一起一定会非常幸福和快乐，永远也不会感到孤独。"

"什么？我们的女儿？"我不由怔住了。

"对不起，亲爱的，当时我去欧洲商务考察之前，我已经怀孕了。我原打算回来以后再告诉你，给你一个惊喜，但不幸的是，车祸发生了。所以，一年之后，我在天堂生下了一个女孩。由于你那时非常悲伤，身体状况也不太好，所以我一直没有告诉你。如今，女儿已经和我在这里生活了近十二年。我觉得现在是时候让她回到自己父亲身边了。她非常可爱，一定会给你的生活带来无限的阳光和快乐。"

"那么，我何时能见到她呢？"我急切地问。

"两星期后的上午十点整，我们的女儿会在市儿童福利院的大门口等待你。请尽快把你的领养手续办好，否则，人们会误以为你从哪儿劫持了一位小公主回来。"珊珊笑着说。

"当然会，那你怎么办啊？"我问珊珊。

"你不必为我担心，我的亲生父母会在这里陪伴我。"

"谢谢你的好意！珊珊。"

"如果你高兴的话，请你吻我一下。"珊珊说。

我俯下身，深情地吻了那缕飘向天空的徐徐青烟。一阵微风袭来，我感到了珊珊的深情拥抱。

"郝京，请多保重。我希望你幸福快乐。"珊珊的声音从远处的天空传来。

"谢谢你！珊珊。我爱你。"我对着天空大声喊道。

两个星期后，我终于准备好了所有法律文件，为女儿完成了从天堂来到人间的特别通行证。

在去儿童福利院之前，我首先拜访了珊珊的继父继母。她的两个双胞胎弟弟已经大学毕业，现已在珊珊的家乡工作。他们与珊珊的继父继母共同生活并居住在一起，以便照顾二位老人。他们的身体现在好多了。

"很高兴你能抽空来看望我们。"他们高兴地说。

我告诉他们，珊珊在那次车祸之前已经怀孕了，并在天堂生下了一个可爱的女儿。我这次去市儿童福利院把我们的女儿接回来，并带她一起去香格里拉。

两位老人和珊珊的两个弟弟听后，感到非常惊讶，几乎不敢相信他们的耳朵。他们怀疑那不过是我的幻觉而已。但我相信这是真的，是上天对珊珊和我的恩赐。

第二天上午十点整，我准时来到市儿童福利院。一位保育员正站在门口等待，她身旁站着一位可爱的少女。

她看起来楚楚动人，身穿一件丝质长裙和一双绑带式皮凉鞋，似乎有一种古希腊少女的神韵。她的双眼大而清澈，粉红色的脸颊上有一对浅浅的酒窝，从她身上，我仿佛看到了珊珊生前的影子。她的头发像我，呈波浪形，垂落在她白皙、削瘦的肩膀上。

一看到她，我不禁丢下手中的公文包，张开了双臂。此时，她也认出了我，喊了一声"爸爸。"就飞快地跑过来，投入我的怀抱，然后又在我脸颊上清脆地吻了一下。

"孩子，你之前从未见到过我，可你是如何认出我来的？"我问道。

"妈妈告诉我说，你是一位高大帅气的美男子，留着一头波浪型的长发。"她回答说，声音听起来如银铃般地悦耳。

"亲爱的，你叫什么名字？"

"雪莲。"她回答说。

"好的，雪莲，我们一起回家，好吗？"她用力点点头，问道："爸爸，我们的家在哪儿啊？"

"亲爱的，在香格里拉，那里是人间天堂。"

第四十节　雪域高原——香格里拉

香格里拉如同乌托邦一样，充满了神奇色彩。自古以来，香格里拉就是一个与世隔绝的神秘地方。它引人入胜，令人向往。

在画家的眼中，那里的每一寸土地都是入画的素材，在诗人看来，每一枝鲜花都是一首美妙的诗歌，而音乐家们则把每一支河流视为一曲动听的乐章。所以，每一位被这片土地感动的人们都乐于将它看做是自己的家园。正如中国谚语所说的："太阳最早照耀的地方是香格里拉。"

如今香格里拉仍然是一个神秘、迷人和纯净的人间天堂。围绕在它周围的是壮丽的梅里雪山、白茫雪山和哈巴雪山。

据说香格里拉最神秘的莫过于被藏民视为神山的梅里雪山了。至今，无论登山者们付出多少努力，都无法征服这座雪山。梅里雪山终年被浓雾缭绕，很少向世人揭开它神秘的面纱。即使有幸见到者，也无法用语言表达他们的观感。

梅里雪山有二十多座山峰终年积雪，其中有六座山峰海拔在六千米以上。卡瓦格博峰是梅里雪山的最高峰。它是藏传佛教的朝觐胜地，被认为是佛教传到西藏之前，噶举派保护神卡瓦格博藏神的精神家园。

清澈的高原湖泊散落在广袤无垠的草原上，就像是湛蓝的宝石镶嵌在一幅美丽的织锦上。牛羊在草地上悠闲地吃草，奇异的花朵和茂盛的草甸在和风的吹拂下摇曳，森林深处是珍惜鸟类和野生动物的乐园。

坐落在中甸的纳帕海和碧塔海是香格里拉雪域高原上最美丽的湖泊。每年五月，是湖泊周边杜鹃花盛开的时节，花瓣随着微风洒落在湖水中，游鱼因争食落花而纷纷醉浮湖面，形成了独有的"杜鹃醉鱼"奇观。

如果沿着蜿蜒崎岖的山路向上攀登，就来到了香格里拉的另一处美景，海拔两千米的白水台。向上望去，特殊的岩溶地貌让人惊叹不已。水中的碳酸钙在阳光长期照射下形成白色水中的碳酸钙在阳光长期照射下形成白色沉淀，一层又一层堆积起来，呈现出高低错落的梯田状，在阳光下熠熠生辉。虎跳峡是香格里拉最富盛名的景观，那里"三江并流（金沙江、澜沧江和怒江）"的景观已被联合国科教文组织列为世界文化和自然遗产。

香格里拉居住着许多少数民族，是藏族、傈僳、纳西、彝族人民的家园。大自然赋予了香格里拉如此丰富的自然资源。在这片纯净土地上生活的各族人民善良诚实，热情好客。由于这里生活着以藏族为主，来到这里的人们可以有机会体验到藏族人民的生活方式、民族习俗、宗教信仰和他们的饮食习惯。

独一无二的景色点缀着雪域高原。多彩多姿的民族文化文化使香格里拉更加引人入胜，光彩夺目。在历史上，中国人只有两次生动地描画了人间天堂，一个是《红楼梦》的大观园，一个是陶渊明的桃花源。香格里拉则属于后者。

如今，香格里拉常被人们视为是"伊甸园"的代名词，是现代人们心中的世外桃源。1937 年，著名导演弗兰克·卡普拉根据希尔顿的同名小说改编的电影《消失的地平线》，由哥伦比亚公司发行，影片主题曲《香格里拉》曾风靡全球。它表现了人们对健康长寿的追求，对于神秘事物探索的向往。同时，它也代表着人类所追求的一切美好事物，如爱情、幸福和乌托邦式的生活。随着小说和电影的出版发行，香格里拉也在西方世界风靡一时。

经过两天漫长的旅程，雪莲和我终于抵达了香格里拉——我们的新家园。我在一个藏族村寨买下了一栋藏式两层楼房，并在那里安顿了下来。两个月后，我又在村寨里建起了一所希望小学。我即是校长又是学校里唯一的教师。从周一至周五，我上午教授天文、历史和地理，下午则讲授中文、数学和科学常识等文化知识。

学校对所有学生免费授课，但藏族村民们非常善良慷慨，经常让他们的孩子带来粮食、肉类和蔬菜等作为感恩和回赠。在藏族传统节日里，他们还会送来家酿的青稞酒。所以我们的日子过得并不艰难。雪莲和我喜爱与这些天真无邪的藏族孩子们在一起。

在藏族或其他少数民族的传统节日里，我们经常受邀参加他们的篝火晚会。雪莲非常喜爱当地少数民族的歌曲和舞蹈。她天资聪慧，很快就学习并领悟到了这些歌舞的精髓。

少数民族与汉族的最大不同之处就在于他们在兴高采烈的时候，会以载歌载舞的形式，情不自禁地表达他们内心的喜悦，那是他们内心情感的自然抒发。而大多数汉族人则把唱歌跳舞当作一种才艺，表演给其他人观看，目的是取悦他人，博得他人的称赞，或者把它当成一种技能或职业，是一种谋生手段。

在夏季的清晨和傍晚，雪莲和我并肩坐在房前的台阶上，遥看映衬在晨曦或晚霞中的茫茫雪山，天空上的白云被晕染成了黄色、橙色和红色。

冬季，我们围坐在炉火旁，看着窗外的落雪。外面的世界一片圣洁，大地银装素裹。

春季和秋季来临时，雪莲会在草甸上采摘鲜花、野果和红叶。成群的牛羊在草地上吃草。我希望她能够在这片被大自然环抱的新家园里，健康快乐地成长。

此外，我还驯养了一匹栗色阿克哈——塔克马，即俗称的"汗血宝马"。我从小就对马匹有一种特殊的爱好。在一个当地农贸交易集市上，当我看到这匹阿克哈——塔克小马时，立刻被它深深吸引。经过与马主人的讨价还价，最终我那辆崭新的丰田吉普车成了马主人的座驾，而我则牵着这匹小马回到了家中。雪莲看到这匹小马时，异常惊喜。她很快就与小马驹成为好朋友。

一年之后，当我看到雪莲骑着这匹高大的"汗血宝马"在高山草甸上驰骋，我觉得那仿佛是珊珊俯卧在我的背上，我们一同奔向远方的天际线。我相信天堂就在那里……

后记

2010 年 10 月。

十年之后，香格里拉依然是那么美丽、祥和、神秘。梅里雪山仍然静谧地矗立在那里，它代表着永恒。

雪莲，即珊珊和我的可爱女儿，她已经从北京舞蹈学院毕业，现正在中央民族大学攻读音乐硕士学位。感谢香格里拉的自然之美和当地少数民族歌舞给了她一个快乐的少女时代，同时也赋予了她对音乐和舞蹈的天地灵气。像她的母亲一样，她现在已是一位纯真善良的美丽姑娘，脸颊上泛着两朵彩霞般的"高原红"。

戴维，即淑娟与我的英俊儿子，他已是北京清华大学的一年级学生，在那里学习计算机科学。淑娟为他策划了一个宏远的规划，准备在他大学毕业后，送他去国外继续深造。

我记得，在戴维两岁半的时候，我回家乡看望我父亲。一天下午，我在淑娟的房子内帮忙打扫卫生。当我正在清洁客厅地板时，戴维步履蹒跚地走过来，递给我一杯水。我接过杯子，一饮而尽。

"谢谢你，好孩子。"我夸奖他说。

然后，我继续清洗地板。过了一会儿，戴维又走过来。

"爸爸，请再喝一杯水，"他一边说，一边又递给我一杯水。我又喝了下去。就在此时淑娟下班回来了。

她看看我手中的玩具塑料杯，又看了看戴维。

"郝京，你好傻呀！你知道这水是哪里来的吗？"

"哪里啊？" 我满不在乎地问。

"亲爱的，在这栋房子里，戴维唯一能够取到水的地方就是卫生间里的抽水马桶。"淑娟焦急地说。

"哦，天啊！"我感到小腹一阵抽搐……

我爱雪莲和戴维。他们给我的生活带来了光明与希望。我愿在自己的有生之年，尽我所能，不遗余力地使这个世界变得更加美好，哪怕只是一点点，至少要比我来到的那个世界更美好。这不是为了我自己，而是为了他们。我希望他们未来能够生活在一个和平、富足、没有饥饿，没有偏见，没有战争的美好世界。我想这大概就是我们这一代人的使命，也是我们活在这个世界上的唯一价值和生存意义。

淑娟现在已经是一位成功的职业女性，社会的中坚力量。她几年前继任了我父亲的职务，去年又晋升为一个大型矿业集团的总裁。她的工作非常忙碌，但只要一有闲暇，她就会来香格里拉小憩几天。她希望退休之后与我一起在香格里拉生活，共同安度晚年。

顺便提一下，淑娟依然喜欢与我做爱。她说我就是她最好的春药，并坚信我们一直能做爱做到一百岁。谁知道啊？

最后，谈谈我自己。我爱香格里拉。我十年前建起的那所希望小学现已初具规模。谢谢我父亲、淑娟以及我朋友们的慷慨捐助，这其中包括我大学的同学、我跨国公司的同事，尤其是我曾经资助过的那位曾在街边做过乞丐的民营企业家，他为学校捐助了 600 万元人民币。学校现有两百多名学生。许多毕业生经过大学本科以及研究生的继续深造后，已成为农牧专家、兽医、医生、工程师和教师等。他们在当地经济发展中发挥着不容小觑的作用。我想这大概是我一生中所做的唯一正确的事情。

我非常赞同知名投资人陈冰的观点，她说："一个社会，今天看的是经济，明天看的是科技，后天看的是教育。如果企业家能把赚来的财富投到科技和教育中，对企业家来说，就是一个很好的归宿。这样，财富和智慧就能生生不息。"

此外，每天与那些天真可爱的藏族孩子在一起，我感到非常快乐。有时，我感到自己也是他们中的一员。毕竟，生命的价值不应用金钱来衡量。

我们成功与否往往是由他人来评判的，但我们内心的幸福感却是由自己的心灵、心智和灵魂来衡量。

我记得约翰·列侬曾被他的老师问道：

"你长大后想成为什么样的人？"

"一个快乐的人。"列侬回答。

"你似乎没有明白我的问题。"老师说。

"你似乎不明白人生的意义。"列侬回答。

有时，我的同学们会打电话来，表达他们今后也想来香格里拉支教的愿望。我开玩笑地对他们说："嗨，老同学们，请努力工作吧，争取在你们到来之前尽快成为社会名流，这样的话，我今后撰写的有关你们这帮家伙的回忆录就可以成为畅销书了。"

司锐章，即"张三"，现在是中国一家著名报社的副总编。有一次我去北京看望他，顺便为他两岁半的小女儿买了一盒儿童们喜爱的泡泡糖。从那以后，每当他的小女儿见到我，便脱口而出："泡泡糖叔叔。"

田江，即"甜面酱"，目前在美国经商，是一位成功的商人。他在美国西部学会了一个独门绝技，那就是像马一样昂首嘶鸣。

有一年他回国探亲，顺便来香格里拉看望我。我开车带他去了位于西藏与青海交界之处的可可西里自然保护区。看到那里野草丛生的荒漠，他不禁想起了野马。于是，他站在山坡上一声长嘶，野马倒是没来，却来了几只走失的野驴，静静立在远处，好奇地张望。我想，它们一定是在想："这几只穿得五颜六色、怪模怪样的猴子在瞎叫什么，是不是也迷路了？"

　　尔典，即"公爵"，以及他的女友，就是我们校长那位漂亮任性的小千金。他们已经结婚了，并移民去了澳洲。这对夫妻之间永无休止的争吵仍在继续，但他们彼此相爱，永不分离。如今他们家中又增添了两位非常吵闹的孩子。

　　老巴，即"阿里巴巴"，他目前在加拿大经商。由于他在身体语言方面的特长，他时常在周末或公休假日为当地聋哑人义务担任哑语翻译。

　　大伟，即"佐罗"，现在是国内的一名建筑承包商，财大气粗。他依然喜爱打抱不平，他的铁拳令人望而生畏。

　　近年来，他迷上了养花，于是他在自己家门前的小院子里种植了不少名贵花卉，并在花圃的篱笆外竖起了一块牌子，上面写着："这是一位业余拳击爱好者养植的花卉，请勿采撷！"谁知几天后，他发现花圃内有两盆名贵的兰花不见了。有人在那里留下了一张字条，上面写着："对不起，将您的几盆兰花搬回去观赏一段时间，待它们凋谢后，一定如数归还。"落款是："一位业余长跑爱好者。"

　　至于明华，即"名花"，他现在深圳工作。他娶了一位漂亮能干的妻子，两人相亲相爱，享受着快乐的家庭生活。有时，人生的成功不完全取决于你手中是否有一副好牌，而取于你是否能将自己手中的坏牌打好。明华就是这种人。我尊敬他。

去年，有一位美国朋友来香格里拉观光。我带他参观了一座佛教寺庙。他曾经问了我一个很好的问题。

"乔治，你信教吗？或者说，你信奉上帝吗？"

"不好意思，还没有。"我回答说。

"那么等你死后，你的灵魂将去哪里？"他问。

"我……我不知道。"我支支吾吾地说。

可是现在，我已经有了答案。

如果可能的话，在我死后，我的灵魂将被分为三个部分。

第一部分将与我的父母、我的哥哥、姐姐们，以及我深爱的妻子，珊珊在一起。我爱他们。我将永远与他们在一起，永不分离。

第二部分将与淑娟在一起。如果我死后真的会变成她的卫生巾，我不介意。因为我也爱她。由于我的无知，我曾经伤过她的心，使她深感失望。我此生此世对她亏欠太多，太多。

最后，我灵魂的第三部分将奉献给那些我无意中曾经误解或伤害过的人们。由于我当年少不更事，年少轻狂。如果我下辈子能为他们做牛做马，我心甘情愿。这不仅是为了赎罪，也是为了拯救我自己。

人生最残酷的事情就是只年轻一次。如果上帝再给我一次机会，我将善待周围所有的人们，给予他们更多的关爱和付出。

有时，我回顾自己愚蠢的一生。我从未完整地规划过自己的人生。我更多是跟随自己的内心。正如英国剧作家威廉·康格里夫所言："不确定性和期望，才是生活的乐趣所在。"

我觉得我像一个天真的孩子，在山间奔跑，徘徊，追寻大自然之美，寻找好看的石头，采摘野花，追逐美丽的蝴蝶。虽然有时跌倒，伤及自身，但我不在意。我高兴地让山间小溪从我手指间流过。我闭上眼睛，轻轻闻嗅花草的芬芳，聆听林间鸟儿的鸣叫。在山顶，我面对四周的壮丽风景。我心存感激，感谢上苍，感谢这美好的人生。如果还有来生，我仍将继续我的探寻。

美国首位获得诺贝尔文学奖的女作家赛珍珠曾在她的散文《中国之美》中写道："我认为每个儿童的心田里，都能播下爱美的种子。尽管困苦的生活暂时会将它扼杀，但它是永生不灭的，有时它会在那些沉思冥想人们的心田里茁壮成长。对这些人来说，即使住进皇宫与皇帝共进晚餐也远非人生最大乐趣，他们知道自己永远不会满足，除非他们以某种方式找到了美，找到人生之最高境界。"

人之所以活着，是因为世界很有趣，有光明，也有丑恶，有快乐，也有悲伤，若能有幸经历一两次刻骨铭心的爱，你的人生会变得更丰富，也更有意义。它会给你带来难忘的记忆和无穷的回味。

此外，人生又是美妙的，尤其是在我遇到珊珊之后。她走进我了的生活，之后又悄然离去，但她在我心中留下了美丽的足迹。每当我想起她，我依然能回忆起她甜美的声音和迷人的微笑。我总是无法抑制自己想要拥抱和亲吻她的内心冲动。

珊珊仍然活在我心中。她改变了我的一生，也升华了我的梦。

同时，我也深爱淑娟。她如此地善待了我，使我有了一个完整的人生。我将在我的有生之年，更加珍惜她，爱护她，悉心地陪伴她。

珊珊的纯真爱情和淑娟体贴入微的关心与呵护满足了我对女性所有的幻想。我感到人生足矣。

在结束我的愚蠢故事之前，我愿与大家分享一个秘密。

为什么说"女人永远是对的"？按照达尔文进化论的解释，一种人认为女人永远是对的，而另一种人则不以为然。后来没有女人愿意嫁给后者，于是他们灭绝了。

人生是短暂的。在人类的历史长河中，人的生命不过是一瞬间。让我们好好地生活，热爱生活，享受生活，不要辜负自己的一生。

（完）

致谢

在此，谨表达我对美国 American Academic Press 出版社的主编以及他工作团队的衷心感谢。他们在此书中文版的出版发行过程中所提供的优质高效的服务和及时的信息反馈给我留下了深刻印象。作为一名中国作者，我感谢他们给予我的热情帮助与全力支持。

同时，我也感谢我所有的朋友、同学、校友以及同仁们。我珍惜与他们的友谊。他们为我在编写此书时，提供了初始动机和大量创作灵感。

此外，我还想表达对《每天读点中国文化》丛书主编孙晓朝先生，杜鹃女士，以及其分册主编王玉翠女士，姚香泓女士和战丽莉女士由衷的感谢。我在此书中曾部分采用并改写了该丛书中的个别段落。因为，我本人无论怎样努力描述都无法达到该丛书中那些断落的语言之美和艺术境界。它们是此书中的点睛之笔和无价瑰宝，无疑为此书在中国文化传播和促进世界各国文化交流的过程中起到了积极有益的推动作用。

最后，也是最重要的，我真心感谢我的妻子，感谢她在过去的两年中给予我大力支持和宝贵时间。没有她的协助与支持，我根本无法顺利完成此书的撰写工作。

贺京平，2024 年 5 月 31 日于中国广东珠海